Franz Kafka

Kurze Prosa

Ausgewählt
von
Friedhelm Kemp

Franz Kafka

Kurze Prosa aus dem Nachlaß

Tagebuchblätter
Fragmente
Betrachtungen

Bibliothek SG

I

1910

Endlich nach fünf Monaten meines Lebens, in denen ich nichts schreiben konnte, womit ich zufrieden gewesen wäre, und die mir keine Macht ersetzen wird, trotzdem alle dazu verpflichtet wären, komme ich auf den Einfall, wieder einmal mich anzusprechen. Darauf antwortete ich noch immer, wenn ich mich wirklich fragte; hier war noch immer etwas aus mir herauszuschlagen, aus diesem Strohhaufen, der ich seit fünf Monaten bin und dessen Schicksal es zu sein scheint, im Sommer angezündet zu werden und zu verbrennen, rascher, als der Zuschauer mit den Augen blinzelt. Wollte das doch nur mit mir geschehn! Und zehnfach sollte mir das geschehn, denn ich bereue nicht einmal die unglückselige Zeit. Mein Zustand ist nicht Unglück, aber er ist auch nicht Glück, nicht Gleichgültigkeit, nicht Schwäche, nicht Ermüdung, nicht anderes Interesse, also was ist er denn? Daß ich das nicht weiß, hängt wohl mit meiner Unfähigkeit zu schreiben zusammen. Und diese glaube ich zu verstehn, ohne ihren Grund zu kennen. Alle Dinge nämlich, die mir einfallen, fallen mir nicht von der Wurzel aus ein, sondern erst irgendwo gegen ihre Mitte. Versuche sie dann jemand zu halten, versuche jemand ein Gras und sich an ihm zu halten, das erst in der Mitte des Stengels zu wachsen anfängt. Das können wohl einzelne, zum Beispiel japanische Gaukler, die auf einer Leiter klettern, die nicht auf dem Boden aufliegt, sondern auf den emporgehaltenen Sohlen eines halb Liegenden, und die nicht an der Wand lehnt, sondern nur in die Luft hinaufgeht. Ich kann es nicht, abgesehen davon, daß meiner Leiter nicht einmal jene Sohlen zur Verfügung stehn. Es ist das natürlich nicht alles, und eine solche Anfrage bringt mich noch nicht zum Reden. Aber jeden Tag soll zumindest eine Zeile gegen mich gerichtet werden, wie man die Fernrohre jetzt gegen den Kometen richtet. Und wenn ich dann einmal vor jenem Satze erscheinen würde, hergelockt von jenem Satze, so wie ich zum Beispiel letzte Weihnachten gewesen bin und wo ich so weit war, daß ich mich nur noch gerade fassen konnte, und wo ich wirklich auf der letzten Stufe meiner Leiter schien, die aber ruhig auf dem Boden stand und an der Wand. Aber was für ein Boden! was für eine Wand! Und doch fiel jene Leiter nicht, so drückten sie meine Füße an den Boden, so hoben sie meine Füße an die Wand.

15. Dezember. – Meinen Folgerungen aus meinem gegenwärtigen, nun schon fast ein Jahr dauernden Zustand glaube ich einfach nicht, dazu ist mein Zustand zu ernst. Ich weiß ja nicht einmal, ob ich sagen kann, daß es kein neuer Zustand ist. Meine eigentliche Meinung allerdings ist: dieser Zustand ist neu, ähnliche hatte ich, einen solchen aber noch nicht. Ich bin ja wie aus Stein, wie mein eigenes Grabdenkmal bin ich, da ist keine Lücke für Zweifel oder für Glauben, für Liebe oder Widerwillen, für Mut oder Angst im besonderen oder allgemeinen, nur eine vage Hoffnung lebt, aber nicht besser als die Inschriften auf den Grabdenkmälern. Kein Wort fast, das ich schreibe, paßt zum andern, ich höre, wie sich die Konsonanten blechern aneinanderreiben, und die Vokale singen dazu wie Ausstellungsneger. Meine Zweifel stehn um jedes Wort im Kreis herum, ich sehe sie früher als das Wort, aber was denn! ich sehe das Wort überhaupt nicht, das erfinde ich. Das wäre ja noch das größte Unglück nicht, nur müßte ich dann Worte erfinden können, welche imstande sind, den Leichengeruch in einer Richtung zu blasen, daß er mir und dem Leser nicht gleich ins Gesicht kommt. Wenn ich mich zum Schreibtisch setze, ist mir nicht wohler als einem, der mitten im Verkehr der Place de l'Opéra fällt und beide Beine bricht. Alle Wagen streben trotz ihres Lärmens schweigend von allen Seiten nach allen Seiten, aber bessere Ordnung als die Schutzleute macht der Schmerz jenes Mannes, der ihm die Augen schließt und den Platz und die Gassen verödet, ohne daß die Wagen umkehren müßten. Das viele Leben schmerzt ihn, denn er ist ja ein Verkehrshindernis, aber die Leere ist nicht weniger arg, denn sie macht seinen eigentlichen Schmerz los.

---

16. Dezember. – Ich werde das Tagebuch nicht mehr verlassen. Hier muß ich mich festhalten, denn nur hier kann ich es. Gerne möchte ich das Glücksgefühl erklären, das ich von Zeit zu Zeit wie eben jetzt in mir habe. Es ist wirklich etwas Moussierendes, das mich mit leichtem angenehmem Zucken ganz und gar erfüllt und das mir Fähigkeiten einredet, von deren Nichtvorhandensein ich mich jeden Augenblick, auch jetzt, mit aller Sicherheit überzeugen kann.

Damit diese falschen Stellen, die um keinen Preis aus der Geschichte heraus wollen, mir endlich Ruhe geben, schreibe ich zwei her:

»Seine Atemzüge waren laut wie Seufzer über einen Traum, in dem das Unglück leichter zu tragen ist als in unserer Welt, so daß einfache Atemzüge schon genügendes Seufzen sind.«

»Jetzt überblickte ich ihn so frei, wie man ein kleines Geduldspiel überblickt, von dem man sich sagt: »Was tut es, daß ich die Kügelchen nicht in ihre Höhlungen bringen kann, alles gehört mir ja, das Glas, die Fassung, die Kügelchen und was noch da ist; die ganze Kunst kann ich einfach in die Tasche stecken.«

1911

August. – Ich habe über Dickens gelesen. Ist es so schwer und kann es ein Außenstehender begreifen, daß man eine Geschichte von ihrem Anfang in sich erlebt, vom fernen Punkt bis zu der heranfahrenden Lokomotive aus Stahl, Kohle und Dampf, sie aber auch jetzt noch nicht verläßt, sondern von ihr gejagt sein will und Zeit dazu hat, also von ihr gejagt wird und aus eigenem Schwung vor ihr läuft, wohin sie nur stößt und wohin man sie lockt.

Ich kann es nicht verstehn und nicht einmal glauben. Ich lebe nur hie und da in einem kleinen Wort, in dessen Umlaut (oben »stößt«) ich zum Beispiel auf einen Augenblick meinen unnützen Kopf verliere. Erster und letzter Buchstabe sind Anfang und Ende meines fischartigen Gefühls.

---

3. Oktober. – Beim Einschlafen ein vertikal gehender Schmerz im Kopf über der Nasenwurzel, wie von einer zu scharf gepreßten Stirnfalte. Um möglichst schwer zu sein, was ich für das Einschlafen für gut halte, hatte ich die Arme gekreuzt und die Hände auf die Schultern gelegt, so daß ich dalag wie ein bepackter Soldat. Wieder war es die Kraft meiner Träume, die schon ins Wachsein vor dem Einschlafen strahlen, die mich nicht schlafen ließ. Das Bewußtsein meiner dichterischen Fähigkeiten ist am Abend und am Morgen unüberblickbar. Ich fühle mich gelockert bis auf den Boden meines Wesens und kann aus mir heben, was ich nur will. Dieses Hervorlocken solcher Kräfte, die man dann nicht arbeiten läßt, erinnern mich an mein Verhältnis zur B. Auch hier sind Ergießungen, die nicht entlassen werden, sondern im Rückstoß sich selbst vernichten müssen, nur daß es sich hier – das ist der Unterschied – um geheimnisvollere Kräfte und um mein Letztes handelt.

Beim Diktieren einer größeren Anzeige an eine Bezirkshauptmannschaft im Bureau. Im Schluß, der sich aufschwingen sollte, blieb ich stecken und konnte nichts als das Maschinenfräulein Kaiser ansehn, die nach ihrer Gewohnheit besonders lebhaft wurde, ihren Sessel rückte, hustete, auf dem Tisch herumtippte und so das ganze Zimmer auf mein Unglück aufmerksam machte. Der gesuchte Einfall bekommt jetzt auch den Wert, daß er sie ruhig machen wird, und läßt sich, je wertvoller er wird, desto schwerer finden. Endlich habe ich das Wort »brandmarken« und den dazu gehörigen Satz, halte alles aber noch im Mund mit einem Ekel und Schamgefühl, wie wenn es rohes Fleisch, aus mir geschnittenes Fleisch wäre (solche Mühe hat es mich gekostet). Endlich sage ich es, behalte aber den großen Schrecken, daß zu einer dichterischen Arbeit alles in mir bereit ist und eine solche Arbeit eine himmlische Auflösung und ein wirkliches Lebendigwerden für mich wäre, während ich hier im Bureau um eines so elenden Aktenstückes willen einen solchen Glückes fähigen Körper um ein Stück seines Fleisches berauben muß.

---

15. November. – Gestern abend schon mit einem Vorgefühl die Decke vom Bett gezogen, mich gelegt und wieder aller meiner Fähigkeiten bewußt geworden, als hielte ich sie in der Hand; sie spannten mir die Brust, sie entflammten mir den Kopf, ein Weilchen wiederholte ich, um mich darüber zu trösten, daß ich nicht aufstand, um zu arbeiten: »Das kann nicht gesund sein, das kann nicht gesund sein«, und wollte den Schlaf mit fast sichtbarer Absicht mir über den Kopf ziehn. Immer dachte ich an eine Mütze mit Schirm, die ich, um mich zu schützen, mit starker Hand mir in die Stirne drücke. Wie viel habe ich gestern verloren, wie drückte sich das Blut im engen Kopf, fähig zu allem, und nur gehalten von Kräften, die für mein bloßes Leben unentbehrlich sind und hier verschwendet werden.

Sicher ist, daß alles, was ich im voraus selbst im guten Gefühl Wort für Wort oder sogar nur beiläufig, aber in ausdrücklichen Worten, erfunden habe, auf dem Schreibtisch, beim Versuch des Niederschreibens trocken, verkehrt, unbeweglich, der ganzen Umgebung hinderlich, ängstlich, vor allem aber lückenhaft erscheint, trotzdem von der ursprünglichen Erfindung nichts vergessen worden ist. Es liegt natürlich zum großen Teil daran, daß ich frei vom Papier nur in der Zeit der Erhebung, die ich mehr fürchte als ersehne, wie sehr ich sie auch ersehne, Gutes erfinde, daß dann aber die Fülle so groß ist, daß ich verzichten muß, blindlings also nehme, nur dem Zufall nach, aus der Strömung heraus, griffweise, so daß diese Erwerbung beim überlegten Niederschreiben nichts ist im Vergleich zur Fülle, in der sie lebte, unfähig, diese Fülle herbeizubringen, und daher schlecht und störend ist, weil sie nutzlos lockt.

Sicher ist, daß ein Haupthindernis meines Fortschritts mein körperlicher Zustand bildet. Mit einem solchen Körper läßt sich nichts erreichen. Ich werde mich an sein fortwährendes Versagen gewöhnen müssen. Von den letzten wild durchträumten, aber kaum weilchenweise durchschlafenen Nächten bin ich heute früh so ohne Zusammenhang gewesen, fühlte nichts anderes als meine Stirn, sah einen halbwegs erträglichen Zustand erst weit über dem gegenwärtigen und hätte mich einmal gerne vor lauter Todesbereitschaft mit den Akten in der Hand auf den Zementplatten des Korridors zusammengerollt. Mein Körper ist zu lang für seine Schwäche, er hat nicht das geringste Fett zur Erzeugung einer segensreichen Wärme, zur Bewahrung inneren Feuers, kein Fett, von dem sich einmal der Geist über seine Tagesnotdurft hinaus ohne Schädigung des Ganzen nähren könnte. Wie soll das schwache Herz, das mich in der letzten Zeit öfters gestochen hat, das Blut über die ganze Länge dieser Beine hin stoßen können. Bis zum Knie wäre genug Arbeit, dann aber wird es nur noch mit Greisenkraft in die kalten Unterschenkel gespült. Nun ist es aber schon wieder oben nötig, man wartet darauf, während es sich unten verzettelt. Durch die Länge des Körpers ist alles auseinandergezogen. Was kann er da leisten, da er doch vielleicht, selbst wenn er zusammengedrängt wäre, zu wenig Kraft hätte für das, was ich erreichen will.

---

9. Dezember. – Wenn man über einem Buch mit Briefen oder Memoiren, gleichgültig von was für einem Menschen, diesmal von Karl Stauffer-Bern, still hält, nicht aus eigener Kraft ihn in sich zieht, denn dazu gehört schon Kunst und die beglückt sich selbst, sondern hingegeben – wer nur nicht Widerstand leistet, dem geschieht es bald – von dem gesammelten fremden Menschen sich wegziehn und zu seinem Verwandten sich machen läßt, dann ist es nichts Besonderes mehr, wenn man, durch Zuschlagen des Buches wieder auf sich selbst gebracht, nach diesem Ausflug und dieser Erholung sich in seinem neu erkannten, neu geschüttelten, einen Augenblick lang von der Ferne aus betrachteten eigenen Wesen wieder wohler fühlt und mit freierem Kopfe zurückbleibt.

---

10. Dezember. – Später erst kann es uns wundern, daß jene fremden Lebensverhältnisse trotz ihrer Lebhaftigkeit unveränderlich in dem Buch beschrieben sind, obwohl wir nach unserer Erfahrung zu wissen glauben, daß von einem Erlebnis, wie es zum Beispiel die Trauer über den Tod eines Freundes ist, nichts auf der Welt weiter absteht als die Beschreibung dieses Erlebnisses. Was aber für unsere Person recht ist, ist es nicht für die fremde. Wenn wir nämlich mit unseren Briefen dem eigenen Gefühle nicht genügen können – natürlich gibt es hier eine beiderseits verschwimmende Menge von Abstufungen –, wenn uns selbst in unserm besten Zustand immer wieder Ausdrücke behilflich sein müssen, wie »unbeschreiblich«, »unsagbar« oder ein »so traurig« oder »so schön«, dem dann ein rasch abbröckelnder »daß«-Satz folgt, so ist uns, wie zum Lohn dafür, die Fähigkeit gegeben, fremde Berichte mit der ruhigen Genauigkeit aufzufassen, die uns dem eigenen Briefschreiben gegenüber, zumindest in diesem Maße, fehlt. Die Unkenntnis, in der wir uns über jene Gefühle befinden, welche den vorliegenden Brief je nachdem einmal gespannt oder zerknittert haben, gerade diese Unkenntnis wird Verstand, da wir gezwungen sind, an den hier liegenden Brief uns zu halten, nur das zu glauben, was darin steht, dieses also vollkommen ausgedrückt zu finden und von einem vollkommenen Ausdruck, wie es nur gerecht ist, den Weg ins Menschlichste hinein offen zu sehn.

---

27. Dezember. – Dieses Gefühl des Falschen, das ich beim Schreiben habe, ließe sich unter dem Bilde darstellen, daß einer vor zwei Bodenlöchern auf eine Erscheinung wartet, die nur aus dem zur rechten Seite herauskommen darf. Während aber gerade dieses unter einem matt sichtbaren Verschluß bleibt, steigt aus dem linken eine Erscheinung nach der andern, sucht den Blick auf sich zu ziehn und erreicht dies schließlich mühelos durch ihren wachsenden Umfang, der endlich sogar die richtige Öffnung, so sehr man abwehrt, verdeckt. Nun ist man aber, wenn man diesen Platz nicht verlassen will – und das will man um keinen Preis –, auf die Erscheinungen angewiesen, die einem aber infolge ihrer Flüchtigkeit – ihre Kraft verbraucht sich im bloßen Erscheinen – nicht genügen können, die man aber, wenn sie aus Schwäche stocken, aufwärts und in alle Richtungen vertreibt, um nur andere heraufzubringen, da der dauernde Anblick einer unerträglich ist und da auch die Hoffnung bleibt, daß nach Erschöpfung der falschen Erscheinungen endlich die wahren emporkommen werden.

Wie wenig kräftig ist das obere Bild. Zwischen tatsächliches Gefühl und vergleichende Beschreibung ist wie ein Brett eine zusammenhangslose Voraussetzung eingelegt.

---

29. Dezember. – Jene lebendigen Stellen bei Goethe. Seite 265: »Ich zog daher meinen Freund in die Wälder.«

Goethe, 307: »Ich hörte nun in diesen Stunden gar kein anderes Gespräch als von Medizin oder Naturhistorie und meine Einbildungskraft wurde in ein ganz anderes Feld hinübergezogen.«

Die Schwierigkeiten der Beendigung selbst eines kleinen Aufsatzes liegen nicht darin, daß unser Gefühl für das Ende des Stückes ein Feuer verlangt, das der tatsächliche bisherige Inhalt aus sich selbst nicht hat erzeugen können, sie entstehen vielmehr dadurch, daß selbst der kleinste Aufsatz vom Verfasser eine Selbstzufriedenheit und eine Verlorenheit in sich selbst verlangt, aus der an die Luft des gewöhnlichen Tages zu treten, ohne starken Entschluß und äußern Ansporn schwierig ist, so daß man eher, als der Aufsatz rund geschlossen wird und man still abgleiten darf, vorher, von der Unruhe getrieben, ausreißt und dann der Schluß von außenher geradezu mit Händen beendigt werden muß, die nicht nur arbeiten, sondern sich auch festhalten müssen.

1912

März. – Einige alte Papiere durchgelesen. Es gehört alle Kraft dazu, das auszuhalten. Das Unglück, das man ertragen muß, wenn man in einer Arbeit, die immer nur im ganzen Zug gelingen kann, sich unterbricht, und das ist mir bisher immer geschehn, dieses Unglück muß man beim Durchlesen, wenn auch nicht in der alten Stärke, so gedrängter durchmachen.

23. September. – Diese Geschichte »Das Urteil« habe ich in der Nacht vom 22. bis 23. von zehn Uhr abends bis sechs Uhr früh in einem Zug geschrieben. Die vom Sitzen steif gewordenen Beine konnte ich kaum unter dem Schreibtisch hervorziehn. Die fürchterliche Anstrengung und Freude, wie sich die Geschichte vor mir entwickelte, wie ich in einem Gewässer vorwärtskam. Mehrmals in dieser Nacht trug ich mein Gewicht auf dem Rücken. Wie alles gewagt werden kann, wie für alle, für die fremdesten Einfälle ein großes Feuer bereitet ist, in dem sie vergehn und auferstehn. Wie es vor dem Fenster blau wurde. Ein Wagen fuhr. Zwei Männer über die Brücke gingen. Um zwei Uhr schaute ich zum letzten Male auf die Uhr. Wie das Dienstmädchen zum ersten Mal durchs Vorzimmer ging, schrieb ich den letzten Satz nieder. Auslöschen der Lampe und Tageshelle. Die leichten Herzschmerzen. Die in der Mitte der Nacht vergehende Müdigkeit. Das zitternde Eintreten ins Zimmer der Schwestern. Vorlesung. Vorher das Sichstrecken vor dem Dienstmädchen und Sagen: »Ich habe bis jetzt geschrieben.« Das Aussehn des unberührten Bettes, als sei es jetzt hereingetragen worden. Die bestätigte Überzeugung, daß ich mich mit meinem Romanschreiben in schändlichen Niederungen des Schreibens befinde. Nur so kann geschrieben werden, nur in einem solchen Zusammenhang, mit solcher vollständigen Öffnung des Leibes und der Seele.

1913

Juni. – Die ungeheuere Welt, die ich im Kopfe habe. Aber wie mich befreien und sie befreien ohne zu zerreißen. Und tausendmal lieber zerreißen, als sie in mir zurückhalten oder begraben. Dazu bin ich ja hier, das ist mir ganz klar.

---

18. November. – Ich werde wieder schreiben, aber wie viele Zweifel habe ich inzwischen an meinem Schreiben gehabt. Im Grunde bin ich ein unfähiger unwissender Mensch, der, wenn er nicht gezwungen, ohne jedes eigene Verdienst, den Zwang kaum merkend, in die Schule gegangen wäre, gerade imstande wäre, in einer Hundehütte zu hocken, hinauszuspringen, wenn ihm Fraß gereicht wird, und zurückzuspringen, wenn er es verschlungen hat.

---

19. November. – Mich ergreift das Lesen des Tagebuchs. Ist der Grund dessen, daß ich in der Gegenwart jetzt nicht die geringste Sicherheit mehr habe? *Alles erscheint mir als Konstruktion.* Jede Bemerkung eines andern, jeder zufällige Anblick wälzt alles in mir, selbst Vergessenes, ganz und gar Unbedeutendes, auf eine andere Seite. Ich bin unsicherer, als ich jemals war, nur die Gewalt des Lebens fühle ich. Und sinnlos leer bin ich. Ich bin wirklich wie ein verlorenes Schaf in der Nacht und im Gebirge oder wie ein Schaf, das diesem Schaf nachläuft. So verloren zu sein und nicht die Kraft haben, es zu beklagen.

---

21. November. – Traum: Das französische Ministerium, vier Männer, sitzt um einen Tisch. Es findet eine Beratung statt. Ich erinnere mich an den an der rechten Längsseite sitzenden Mann mit einem im Profil flachgedrückten Gesicht, gelblicher Hautfarbe, weit vorspringender (infolge des Plattgedrücktseins so weit vorspringender) ganz gerader Nase und einem ölig schwarzen, den Mund überwölbenden, starken Schnurrbart.

Klägliche Beobachtung, die gewiß wieder von einer *Konstruktion* ausgeht, deren unterstes Ende irgendwo im Leeren schwebt: Als ich das Tintenfaß vom Schreibtisch nahm, um es ins Wohnzimmer zu tragen, fühlte ich irgendeine Festigkeit in mir, so wie zum Beispiel die Kante eines großen Gebäudes im Nebel erscheint und gleich verschwindet. Ich fühlte mich nicht verloren, etwas wartete in mir, unabhängig von Menschen, selbst von Felice. Wie nun, wenn ich davon wegliefe, so wie zum Beispiel einer einmal in die Felder läuft.

Dieses Voraussagen, dieses sich nach Beispielen richten, diese bestimmte Angst ist lächerlich. Das sind *Konstruktionen*, die selbst in der Vorstellung, in der allein sie herrschen, nur fast bis zur lebendigen Oberfläche kommen, aber immer mit einem Ruck überschwemmt werden müssen. Wer hat die Zauberhand, daß er sie in die Maschinerie steckte, und sie würde nicht durch tausend Messer zerrissen und verstreut.

Ich bin auf der Jagd nach Konstruktionen. Ich komme in ein Zimmer und finde sie in einem Winkel weißlich durcheinandergehn.

1914

27. Mai. – Zum erstenmal erschien das weiße Pferd an einem Herbstnachmittag in einer großen, aber nicht sehr belebten Straße der Stadt A. Es trat aus dem Flur eines Hauses, in dessen Hof ein Speditionsgeschäft ausgedehnte Lagerräume hatte, so daß öfters Gespanne, hie und da auch ein einzelnes Pferd aus dem Hausflur geführt werden mußten und infolgedessen das weiße Pferd nicht besonders auffiel. Es gehörte aber nicht zum Pferdestand des Speditionsgeschäftes. Ein Arbeiter, der vor dem Tor die Stricke an einem Warenballen fester zog, bemerkte das Pferd, sah von seiner Arbeit auf und dann in den Hof, ob nicht der Kutscher bald nachkäme. Es kam niemand, wohl aber bäumte sich das Pferd, kaum hatte es das Trottoir betreten, kräftig auf, schlug ein paar Funken aus dem Pflaster, war einen Augenblick sehr nahe am Hinfallen, nahm sich aber gleich zusammen und trabte dann, nicht schnell, nicht langsam, die um diese Dämmerstunde fast völlig leere Straße hinauf. Der Arbeiter verfluchte die seiner Meinung nach nachlässigen Kutscher, schrie einige Namen in den Hof, es kamen auch Leute heraus, blieben aber, da sie das Pferd gleich als ein fremdes erkannten, bloß ein wenig erstaunt nebeneinander im Tore stehn. Erst nach einem Weilchen besannen sich einige, liefen eine Strecke Wegs dem Pferde nach, da sie es aber nicht einmal mehr zu Gesicht bekamen, kehrten sie bald zurück.

Das Pferd hatte inzwischen schon die äußersten Vorstadtstraßen erreicht, ohne aufgehalten worden zu sein. Es fügte sich dem Straßenleben besser ein als sonst alleinlaufende Pferde. Sein langsamer Schritt konnte niemanden erschrecken, es verließ niemals die Fahrbahn, niemals auch die vorgeschriebene Straßenseite; war es nötig, wegen eines aus einer Querstraße kommenden Fuhrwerkes einzuhalten, so hielt es ein; hätte es der vorsichtigste Kutscher am Halfter geführt, es hätte sich nicht fehlerfreier verhalten können. Trotzdem war es natürlich ein auffallender Anblick, hie und da blieb jemand stehn und sah ihm lächelnd nach, von einem vorbeifahrenden Bierwagen herab hieb ein Kutscher zum Spaß mit der Peitsche auf das Pferd ein, es erschreckte zwar, hufte mit den Vorderbeinen auf, beschleunigte aber seinen Schritt nicht.

Gerade diesen Vorfall aber hatte ein Polizeimann beobachtet, ging auf das Pferd zu, das noch im letzten Augenblick eine andere Richtung zu nehmen gesucht hatte, faßte es am Zügel (es war trotz seines nicht sehr starken Baues als Lastpferd aufgezäumt) und sagte, übrigens sehr freundlich: »Halt! Wohin laufst du denn?« Eine Zeitlang hielt er es hier mitten auf der Fahrbahn fest, denn er dachte, der Besitzer werde seinem entlaufenen Tier bald nachkommen.

Es hat Sinn, ist aber matt, das Blut fließt dünn, zu weit vom Herzen. Ich habe noch hübsche Szenen im Kopfe und höre doch auf. Gestern erschien mir das weiße Pferd zum erstenmal vor dem Einschlafen, ich habe den Eindruck, als wäre es zuerst aus meinem der Wand zugedrehten Kopf getreten, wäre über mich hinweg- und vom Bett hinuntergesprungen und hätte sich dann verloren. Das letztere wird durch den obigen Anfang leider nicht widerlegt.

Wenn ich mich nicht sehr täusche, komme ich doch näher. Es ist, als wäre irgendwo in einer Waldlichtung der geistige Kampf. Ich dringe in den Wald ein, finde nichts und eile aus Schwäche bald wieder hinaus; oft wenn ich den Wald verlasse, höre ich oder glaube ich das Klirren der Waffen jenes Kampfes zu hören. Vielleicht suchen mich die Blicke der Kämpfer durch das Walddunkel, aber ich weiß nur so wenig und Täuschendes von ihnen.

Starker Regenguß. Stelle dich dem Regen entgegen, laß die eisernen Strahlen dich durchdringen, gleite in dem Wasser, das dich fortschwemmen will, aber bleibe doch, erwarte so aufrecht die plötzlich und endlos einströmende Sonne.

---

31. Juli. – Ich habe keine Zeit. Es ist allgemeine Mobilisierung. K. und P. sind einberufen. Jetzt bekomme ich den Lohn des Alleinseins. Es ist allerdings kaum ein Lohn, Alleinsein bringt nur Strafen. Immerhin, ich bin wenig berührt von allem Elend und entschlossener als jemals. Nachmittags werde ich in der Fabrik sein müssen, wohnen werde ich nicht zuhause, denn E. mit den zwei Kindern übersiedelt zu uns. Aber schreiben werde ich trotz alledem, unbedingt, es ist mein Kampf um die Selbsterhaltung.

---

5. August. – Ich entdecke in mir nichts als Kleinlichkeit, Entschlußunfähigkeit, Neid und Haß gegen die Kämpfenden, denen ich mit Leidenschaft alles Böse wünsche.

---

6. August. – Von der Literatur aus gesehen ist mein Schicksal sehr einfach. Der Sinn für die Darstellung meines traumhaften innern Lebens hat alles andere ins Nebensächliche gerückt und es ist in einer schrecklichen Weise verkümmert und hört nicht auf zu verkümmern. Nichts anderes kann mich jemals zufriedenstellen. Nun ist aber meine Kraft für jene Darstellung ganz unberechenbar, vielleicht ist sie schon für immer verschwunden, vielleicht kommt sie doch noch einmal über mich, meine Lebensumstände sind ihr allerdings nicht günstig. So schwanke ich also, fliege unaufhörlich zur Spitze des Berges, kann mich aber kaum einen Augenblick oben erhalten. Andere schwanken auch, aber in untern Gegenden, mit stärkeren Kräften; drohen sie zu fallen, so fängt sie der Verwandte auf, der zu diesem Zweck neben ihnen geht. Ich aber schwanke dort oben, es ist leider kein Tod, aber die ewigen Qualen des Sterbens.

---

15. August. – Ich schreibe seit ein paar Tagen, möchte es sich halten. So ganz geschützt und in die Arbeit eingekrochen, wie ich es vor zwei Jahren war, bin ich heute nicht, immerhin habe ich doch einen Sinn bekommen, mein regelmäßiges, leeres, irrsinniges junggesellenmäßiges Leben hat eine Rechtfertigung. Ich kann wieder ein Zwiegespräch mit mir führen und starre nicht so in vollständige Leere. Nur auf diesem Wege gibt es für mich eine Besserung.

---

30. November. – Ich kann nicht mehr weiterschreiben. Ich bin an der endgiltigen Grenze, vor der ich vielleicht wieder Jahre lang sitzen soll, um dann vielleicht wieder eine neue, wieder unfertig bleibende Geschichte anzufangen. Diese Bestimmung verfolgt mich. Ich bin auch wieder kalt und sinnlos, nur die greisenhafte Liebe für die vollständige Ruhe ist geblieben. Und wie irgendein gänzlich von Menschen losgetrenntes Tier schaukele ich schon wieder den Hals und möchte versuchen, für die Zwischenzeit wieder F. zu bekommen. Ich werde es auch wirklich versuchen, falls mich die Übelkeit vor mir selbst nicht daran hindert.

---

13. Dezember. – Letzthin bei Felix. Auf dem Nachhauseweg sagte ich Max, daß ich auf dem Sterbebett, vorausgesetzt daß die Schmerzen nicht zu groß sind, sehr zufrieden sein werde. Ich vergaß hinzuzufügen und habe es später mit Absicht unterlassen, daß das Beste, was ich geschrieben habe, in dieser Fähigkeit, zufrieden sterben zu können, seinen Grund hat. An allen diesen guten und stark überzeugenden Stellen handelt es sich immer darum, daß jemand stirbt, daß es ihm sehr schwer wird, daß darin für ihn ein Unrecht und wenigstens eine Härte liegt und daß das für den Leser, wenigstens meiner Meinung nach, rührend wird. Für mich aber, der ich glaube, auf dem Sterbebett zufrieden sein zu können, sind solche Schilderungen im geheimen ein Spiel, ich freue mich ja in dem Sterbenden zu sterben, nütze daher mit Berechnung die auf den Tod gesammelte Aufmerksamkeit des Lesers aus, bin bei viel klarerem Verstande als er, von dem ich annehme, daß er auf dem Sterbebett klagen wird, und meine Klage ist daher möglichst vollkommen, bricht auch nicht etwa plötzlich ab wie wirkliche Klage, sondern verläuft schön und rein. Es ist so, wie ich der Mutter gegenüber immer über Leiden mich beklagte, die beiweitem nicht so groß waren, wie die Klage glauben ließ. Gegenüber der Mutter brauchte ich allerdings nicht so viel Kunstaufwand wie gegenüber dem Leser.

---

26. Dezember. – Heute abend fast nichts geschrieben und vielleicht nicht mehr imstande, den »Dorfschullehrer« fortzusetzen, an dem ich jetzt eine Woche arbeitete und den ich gewiß in drei freien Nächten rein und ohne äußerliche Fehler fertiggebracht hätte; jetzt hat er, trotzdem er noch fast am Anfang ist, schon zwei unheilbare Fehler in sich und ist außerdem verkümmert. – Neue Tageseinteilung von jetzt ab! Noch besser die Zeit ausnützen! Klage ich hier, um hier Erhörung zu finden? Aus diesem Heft wird sie nicht kommen, sie wird kommen, wenn ich im Bett bin, und wird mich auf den Rücken legen, so daß ich schön und leicht und bläulich-weiß liege, eine andere Erlösung wird nicht kommen.

1917

---

18. September. – Alles zerreißen.

September. – Zeitweilige Befriedigung kann ich von Arbeiten wie »Landarzt« noch haben, vorausgesetzt daß mir etwas derartiges noch gelingt (sehr unwahrscheinlich). Glück aber nur, falls ich die Welt ins Reine, Wahre, Unveränderliche heben kann.

II

1911

9. Oktober. – Sollte ich das vierzigste Lebensjahr erreichen, so werde ich wahrscheinlich ein altes Mädchen mit vorstehenden, etwas von der Oberlippe entblößten Oberzähnen heiraten. Die obern Mittelzähne des Fräulein Kaufmann, die in Paris und London war, sind gegeneinander verschoben, wie Beine, die man in den Knien flüchtig kreuzt. Vierzig Jahre alt werde ich aber kaum werden, dagegen spricht zum Beispiel die Spannung, die sich mir über die linke Schädelhälfte öfters legt, die sich wie ein innerer Aussatz anfühlt und die auf mich, wenn ich von den Unannehmlichkeiten absehe und nur betrachten will, den gleichen Eindruck macht wie der Anblick der Schädelquerschnitte in den Schullehrbüchern oder wie eine fast schmerzlose Sektion bei lebendem Leibe, wo das Messer, ein wenig kühlend, vorsichtig, oft stehenbleibend und zurückkehrend, manchmal ruhig liegend, blätterdünne Hüllen ganz nahe an arbeitenden Gehirnpartien noch weiter teilt.

2. November. – Heute früh zum erstenmal seit langer Zeit wieder die Freude an der Vorstellung eines in meinem Herzen gedrehten Messers.

14. November. – Vor dem Einschlafen. Es scheint so arg, Junggeselle zu sein, als alter Mann unter schwerer Wahrung der Würde um Aufnahme zu bitten, wenn man einen Abend mit Menschen verbringen will, sein Essen in einer Hand sich nach Hause zu tragen, niemanden mit ruhiger Zuversicht faul erwarten können, nur mit Mühe oder Ärger jemanden beschenken, vor dem Haustor Abschied nehmen, niemals mit seiner Frau sich die Treppen hinaufdrängen zu können, kranksein und nur den Trost der Aussicht aus seinem Fenster haben, wenn man sich aufsetzen kann, in seinem Zimmer nur Seitentüren haben, die in fremde Wohnungen führen, die Fremdheit seiner Verwandten zu spüren bekommen, mit denen man nur durch das Mittel der Ehe befreundet bleiben kann, zuerst durch die Ehe seiner Eltern, dann, wenn deren Wirkung vergeht, durch die eigene, fremde Kinder anstaunen müssen und nicht immerfort wiederholen dürfen: Ich habe keine, da keine Familie mit einem wächst, ein unveränderliches Altersgefühl haben, sich im Aussehn und Benehmen nach den ein oder zwei Junggesellen unserer Jugenderinnerungen ausbilden. Das alles ist wahr, nur begeht man leicht dabei den Fehler, die künftigen Leiden so sehr vor sich auszubreiten, daß der Blick weit über sie hinweggehn muß und nicht mehr zurückkommt, während man doch in Wirklichkeit heute und später selbst dastehen wird, mit einem Körper und einem wirklichen Kopf, also auch einer Stirn, um mit der Hand an sie zu schlagen.

1912

August. – Ich werde schwer aufzuschütteln sein und bin doch unruhig. Als ich heute nachmittag im Bett lag und jemand einen Schlüssel im Schloß rasch umdrehte, hatte ich einen Augenblick lang Schlösser auf dem ganzen Körper wie auf einem Kostümball, und in kurzen Zwischenräumen wurde einmal hier, einmal dort ein Schloß geöffnet oder zugesperrt.

4. Mai. – Immerfort die Vorstellung eines breiten Selchermessers, das eiligst und mit mechanischer Regelmäßigkeit von der Seite her in mich hineinfährt und ganz dünne Querschnitte losschneidet, die bei der schnellen Arbeit fast eingerollt davonfliegen.

Juli. – Durch das Parterrefenster eines Hauses an einem um den Hals gelegten Strick hineingezogen und ohne Rücksicht, wie von einem, der nicht acht gibt, blutend und zerfetzt durch alle Zimmerdecken, Möbel, Mauern und Dachböden hinaufgerissen werden, bis oben auf dem Dach die leere Schlinge erscheint, die meine Reste erst beim Durchbrechen der Dachziegel verloren hat.

August. – Ich werde mich bis zur Besinnungslosigkeit von allen absperren. Mit allen mich verfeinden, mit niemandem reden.

Oktober. – Trostlos. Heute im Halbschlaf am Nachmittag: Schließlich muß mir doch das Leid den Kopf sprengen. Und zwar an den Schläfen. Was ich bei dieser Vorstellung sah, war eigentlich eine Schußwunde, nur waren um das Loch herum die Ränder mit scharfen Kanten aufrecht aufgestülpt, wie bei einer wild aufgerissenen Blechbüchse.

9. Dezember. – Haß gegenüber aktiver Selbstbeobachtung. Seelendeutungen, wie: Gestern war ich so und zwar deshalb, heute bin ich so und deshalb. Es ist nicht wahr, nicht deshalb und nicht deshalb und darum auch nicht so und so. Sich ruhig ertragen, ohne voreilig zu sein, so leben, wie man muß, nicht sich hündisch umlaufen.

1914

Januar. – Was habe ich mit Juden gemeinsam? Ich habe kaum etwas mit mir gemeinsam und sollte mich ganz still, zufrieden damit, daß ich atmen kann, in einen Winkel stellen.

---

11. Februar. – »Goethe« Dilthey, flüchtig durchgelesen, wilder Eindruck, nimmt mit fort; warum könnte man sich nicht anzünden und im Feuer zugrundegehn? Oder folgen, auch wenn man kein Gebot hört? In der Mitte seines leeren Zimmers auf einem Sessel sitzen und das Parkett ansehn. »Vorwärts« rufen in einem Hohlweg im Gebirge und aus allen Seitenwegen zwischen den Felsen einzelne Menschen rufen hören und hervorkommen sehn.

1915

September. – Die ergiebigste Stelle zum Hineinstechen scheint zwischen Hals und Kinn zu sein. Man hebe das Kinn und steche das Messer in die gestrafften Muskeln. Die Stelle ist aber wahrscheinlich nur in der Vorstellung ergiebig. Man erwartet dort ein großartiges Ausströmen des Blutes zu sehn und ein Flechtwerk von Sehnen und Knöchelchen zu zerreißen, wie man es ähnlich in den gebratenen Schenkeln von Truthähnen findet.

1916

---

4. Juli. – Eingesperrt in das Viereck eines Latterzaunes, der nicht mehr Raum ließ als einen Schritt der Länge und Breite nach, erwachte ich. Es gibt ähnliche Hürden, in die Schafe des Nachts gepfercht werden, aber so eng sind sie nicht. Die Sonne schien in geradem Strahl auf mich; um den Kopf zu schützen, drückte ich ihn an die Brust und hockte mit gekrümmtem Rücken da.

Was bist du? Elend bin ich. Zwei Brettchen gegen die Schläfen geschraubt habe ich.

---

5. Juli. – Mühsal des Zusammenlebens. Erzwungen von Fremdheit, Mitleid, Wollust, Feigheit, Eitelkeit und nur im tiefen Grunde vielleicht ein dünnes Bächlein, würdig,

Liebe genannt zu werden, unzugänglich dem Suchen, aufblitzend einmal im Augenblick eines Augenblicks.

Juli. – Nimm mich auf in deine Arme, das ist die Tiefe, nimm mich auf in die Tiefe, weigerst du dich jetzt, dann später.

Nimm mich, nimm mich, Geflecht aus Narrheit und Schmerz.

---

13. Juli. – Also öffne dich, Tor – Mensch, komme hervor
Atme die Luft und die Stille

1917

---

25. Februar. – Morgenklarheit. Es ist nicht Trägheit, böser Wille, Ungeschicklichkeit – wenn auch von alledem etwas dabei ist, weil »das Ungeziefer aus dem Nichts geboren wird« – welche mir alles mißlingen oder nicht einmal mißlingen lassen: Familienleben, Freundschaft, Ehe, Beruf, Literatur, sondern es ist der Mangel des Bodens, der Luft, des Gebotes. Diese zu schaffen ist meine Aufgabe, nicht damit ich dann das Versäumte etwa nachholen kann, sondern damit ich nichts versäumt habe, denn die Aufgabe ist so gut wie eine andere. Es ist sogar die ursprünglichste Aufgabe oder zumindest ihr Abglanz, so wie man beim Ersteigen einer luftdünnen Höhe plötzlich in den Schein der fernen Sonne treten kann. Es ist das auch keine ausnahmsweise Aufgabe, sie ist gewiß schon oft gestellt worden. Ob allerdings in solchem Ausmaß, weiß ich nicht. Ich habe von den Erfordernissen des Lebens gar nichts mitgebracht, soviel ich weiß, sondern nur die allgemeine menschliche Schwäche. Mit dieser – in dieser Hinsicht ist es eine riesenhafte Kraft – habe ich das Negative meiner Zeit, die mir ja sehr nahe ist, die ich nie zu bekämpfen, sondern gewissermaßen zu vertreten das Recht habe, kräftig aufgenommen. An dem geringen Positiven sowie an dem äußersten, zum Positiven umkippenden

Negativen, hatte ich keinen ererbten Anteil. Ich bin nicht von der allerdings schon schwer sinkenden Hand des Christentums ins Leben geführt worden wie Kierkegaard und habe nicht den letzten Zipfel des davonfliegenden jüdischen Gebetmantels noch gefangen wie die Zionisten. Ich bin Ende oder Anfang.

Er fühlte es an der Schläfe, wie die Mauer die Spitze des Nagels fühlt, der in sie eingeschlagen werden soll. Er fühlte es also nicht.

Oktober. – Ich glaube nicht, daß es Leute gibt, deren innere Lage ähnlich der meinen ist, immerhin kann ich mir solche Menschen vorstellen, aber daß um ihren Kopf so wie um meinen immerfort der heimliche Rabe fliegt, das kann ich mir nicht einmal vorstellen.

18. Oktober. – Ewige Kinderzeit. Wieder ein Ruf des Lebens.

Es ist sehr gut denkbar, daß die Herrlichkeit des Lebens um jeden und immer in ihrer ganzen Fülle bereitliegt, aber verhängt, in der Tiefe, unsichtbar, sehr weit. Aber sie liegt dort, nicht feindselig, nicht widerwillig, nicht taub. Ruft man sie mit dem richtigen Wort, beim richtigen Namen, dann kommt sie. Das ist das Wesen der Zauberei, die nicht schafft, sondern ruft.

1921

16. Oktober. – Wenn ich den großen Wunsch habe, ein Leichtathlet zu sein, so ist das wahrscheinlich so, wie wenn ich wünschen würde, in den Himmel zu kommen und dort so verzweifelt sein zu dürfen wie hier.

19. Oktober. – Derjenige, der mit dem Leben nicht lebendig fertig wird, braucht die eine Hand, um die Verzweiflung über sein Schicksal ein wenig abzuwehren – es geschieht sehr unvollkommen –, mit der andern Hand aber kann er eintragen, was er unter den Trümmern sieht, denn er sieht anderes und mehr als die andern, er ist doch tot zu Lebzeiten und der eigentlich Überlebende. Wobei vorausgesetzt ist, daß er nicht beide Hände, und mehr als er hat, zum Kampf mit der Verzweiflung braucht.

1923

Juni. – Immer ängstlicher im Niederschreiben. Es ist begreiflich. Jedes Wort, gewendet in der Hand der Geister – dieser Schwung der Hand ist ihre charakteristische Bewegung –, wird zum Spieß, gekehrt gegen den Sprecher. Eine Bemerkung wie diese ganz besonders. Und so ins Unendliche. Der Trost wäre nur: Es geschieht, ob du willst oder nicht. Und was du willst, hilft nur unmerklich wenig. Mehr als Trost ist: Auch du hast Waffen.

III

1909

Die Tänzerin Eduardowa, eine Liebhaberin der Musik, fährt wie überall so auch in der Elektrischen in Begleitung zweier Violinisten, die sie häufig spielen läßt. Denn es besteht kein Verbot, warum in der Elektrischen nicht gespielt werden dürfte, wenn das Spiel gut, den Mitfahrenden angenehm ist und nichts kostet, das heißt, wenn nachher nicht eingesammelt wird. Es ist allerdings im Anfang ein wenig überraschend, und ein Weilchen lang findet jeder, es sei unpassend. Aber bei voller Fahrt, starkem Luftzug und stiller Gasse klingt es hübsch.

1910

Juni. – Wenn ich es bedenke, so muß ich sagen, daß mir meine Erziehung in mancher Richtung sehr geschadet hat. Ich bin ja nicht irgendwo abseits, vielleicht in einer Ruine in den Bergen erzogen worden, dagegen könnte ich ja kein Wort des Vorwurfes herausbringen. Auf die Gefahr hin, daß die ganze Reihe meiner vergangenen Lehrer dies nicht begreifen kann, gerne und am liebsten wäre ich jener kleine Ruinenbewohner gewesen, abgebrannt von der Sonne, die da zwischen den Trümmern von allen Seiten auf den lauen Efeu mir geschienen hätte, wenn ich auch im Anfang schwach gewesen wäre unter dem Druck meiner guten Eigenschaften, die mit der Macht des Unkrauts in mir emporgewachsen wären.

Oft überlege ich es und immer muß ich dann sagen, daß mir meine Erziehung in manchem sehr geschadet hat. Dieser Vorwurf geht gegen eine Menge Leute, allerdings sie stehn hier beisammen, wissen wie auf alten Gruppenbildern nichts miteinander anzufangen, die Augen niederzuschlagen fällt ihnen gerade nicht ein und zu lächeln wagen sie vor Erwartung nicht. Es sind da meine Eltern, einige Verwandte, einige Lehrer, eine ganz bestimmte Köchin, einige Mädchen aus Tanzstunden, einige Besucher unseres Hauses aus früherer Zeit, einige Schriftsteller, ein Schwimmeister, ein Billetteur, ein Schulinspektor, dann einige, denen ich nur einmal auf der Gasse begegnet bin, und andere, an die ich mich gerade nicht erinnern kann, und solche, an die ich mich niemals mehr erinnern werde, und solche endlich, deren Unterricht ich, irgendwie damals abgelenkt, überhaupt nicht bemerkt habe, kurz es sind so viele, daß man achtgeben muß, einen nicht zweimal zu nennen. Und ihnen allen gegenüber spreche ich meinen Vorwurf aus, mache sie auf diese Weise miteinander bekannt, dulde aber keine Widerrede. Denn ich habe wahrhaftig schon genug Widerreden ertragen, und da ich in den meisten widerlegt worden bin, kann ich nicht anders, als auch diese Widerlegungen in meinen Vorwurf mit einzubeziehen und zu sagen, daß mir außer meiner Erziehung auch diese Widerlegungen in manchem sehr geschadet haben.

Erwartet man vielleicht, daß ich irgendwo abseits erzogen worden bin? Nein, mitten in der Stadt bin ich erzogen worden, mitten in der Stadt. Nicht zum Beispiel in einer Ruine in den Bergen oder am See. Meine Eltern und ihr Gefolge waren bis jetzt von meinem Vorwurf bedeckt und grau; nun schieben sie ihn leicht beiseite und lächeln, weil ich meine Hände von ihnen weg an meine Stirn gezogen habe und denke: Ich hätte der kleine Ruinenbewohner sein sollen, horchend ins Geschrei der Dohlen, von ihren Schatten überflogen, auskühlend unter dem Mond, abgebrannt von der Sonne, die zwischen den Trümmern hindurch auf mein Efeulager von allen Seiten mir geschienen hätte, wenn ich auch am Anfang ein wenig schwach gewesen wäre unter dem Druck meiner guten Eigenschaften, die mit der Macht des Unkrauts in mir hätten wachsen müssen.

1912

26. Februar. – Ich öffnete die Haustür, um nachzusehn, ob das Wetter zu einem Spaziergang verlocke. Blauer Himmel war nicht zu leugnen, aber große blaudurchschimmerte graue Wolken mit klappenförmig abgebogenen Rändern schwebten niedrig, wie man an den nahen Waldhügeln abmessen konnte. Trotzdem war die Gasse voll Menschen, die zu Spaziergängen auszogen. Kinderwagen wurden von festen Mutterhänden gelenkt. Hie und da stockte in der Menge ein Gefährt und wartete, bis vor den auf- und absteigenden Pferden die Menschen auseinandertraten. Indessen blickte der Wagenlenker, ruhig die zitternden Zügel haltend, vor sich hin, übersah keine Kleinigkeit, untersuchte alles einigemal und gab dem Wagen im richtigen Augenblick den letzten Antrieb. Kinder konnten laufen, so wenig Raum auch war. Mädchen in leichten Kleidern, mit Hüten, die so ausgesprochen wie Briefmarken gefärbt waren, gingen am Arm junger Leute, und eine in ihren Kehlen unterdrückte Melodie zeigte sich im Tanzschritt ihrer Beine. Familien hielten gut zusammen, und waren sie auch einmal in langer Reihe zerstreut, so fanden sich leicht rückwärts ausgestreckte Arme, winkende Hände, Ausrufe von Schmeichelnamen, welche die Verlorenen verknüpften. Allein gelassene Männer suchten sich noch mehr abzuschließen, indem sie die Hände in die Taschen steckten. Das war kleinliche Narrheit. Zuerst stand ich im Haustor, dann lehnte ich mich an, um ruhiger zuzusehn. Kleider streiften mich, einmal ergriff ich ein Band, das hinten einen Mädchenrock verzierte, und ließ es durch die sich Entfernende aus der Hand ziehn; als ich einmal einem Mädchen, nur um ihm zu schmeicheln, über die Schulter strich, gab mir der folgende Passant einen Schlag auf die Finger. Ich zog ihn aber hinter den einen verriegelten Haustorflügel, meine Vorwürfe waren erhobene Hände, Blicke aus den Augenwinkeln, ein Schritt zu ihm hin, ein Schritt von ihm weg, er war glücklich, als ich ihn mit einem Stoß entließ. Von jetzt an rief ich natürlich öfters Leute zu mir her, ein Winken mit dem Finger genügte oder ein rascher, nirgends zögernder Blick.

In einer wie mühelosen Schläfrigkeit ich dieses Unnütze, Unfertige geschrieben habe.

---

10. März. – Er verführte ein Mädchen in einem kleinen Orte im Isergebirge, wo er sich einen Sommer lang aufhielt, um seine angegriffenen Lungen wiederherzustellen. Unbegreiflich, wie manchmal Lungenkranke werden, warf er das Mädchen, die Tochter seines Hauswirts, die am Abend nach der Arbeit gerne einen Spaziergang mit ihm machte, nach einem kurzen Überredungsversuch in das Gras am Flußufer und nahm sie, die vor Schrecken ohnmächtig dalag, in Besitz. Später mußte er in den hohlen Händen Wasser aus dem Fluß holen und über das Gesicht des Mädchens schütten, um sie nur zum Leben zu bringen. »Julchen, aber Julchen«, sagte er, über sie gebeugt, unzählige Male. Er war bereit, jede Verantwortung für sein Vergehn auf sich zu nehmen, und strengte sich nur an, sich begreiflich zu machen, wie ernst seine Lage war. Ohne Überlegung hätte er es nicht einsehn können. Das einfache Mädchen, das vor ihm lag, schon wieder regelmäßig atmete und nur aus Angst und Befangenheit die Augen noch geschlossen hielt, konnte ihm keine Sorge machen; mit einer Fußspitze konnte er, der große starke Mensch, das Mädchen beiseite schieben. Sie war schwach und unansehnlich, konnte das, was ihr geschah, eine auch nur bis morgen wirkende Bedeutung haben? Mußte nicht jeder so entscheiden, der sie zwei verglich? Der Fluß dehnte sich ruhig zwischen den Wiesen und Feldern zu den entfernteren Bergen hin. Sonnenschein war nur noch an der Böschung des andern Ufers. Die letzten Wolken zogen unter dem reinen Abendhimmel fort.

Nichts, nichts. Auf diese Weise mache ich mir Gespenster. Beteiligt war ich, wenn auch nur schwach, bloß bei der Stelle »Später mußte ...«, vor allem beim »schütten«. In der Beschreibung der Landschaft glaubte ich einen Augenblick etwas Richtiges zu sehn.

---

12. März. – In der vorübereilenden Elektrischen saß in einem Winkel, die Wange an der Scheibe, den linken Arm die Lehne entlanggestreckt, ein junger Mann in offenem, um ihn sich aufbauschendem Überzieher und sah über die lange leere Bank mit beobachtenden Blicken hin. Er hatte sich heute verlobt und dachte an nichts anderes. Er fühlte sich gut aufgehoben im Zustand eines Bräutigams und sah in diesem Gefühl manchmal flüchtig zur Decke des Wagens hinauf. Als der Schaffner kam, um ihm die Fahrkarte zu geben, fand er unter Klimpern leicht das richtige Geldstück, legte es im Schwunge in die Hand des Schaffners und ergriff die Karte mit zwei scherenförmig ausgebreiteten Fingern. Es bestand kein richtiger Zusammenhang zwischen ihm und der Elektrischen und es wäre kein Wunder gewesen, wenn er, ohne Plattform und Treppe zu benützen, auf der Gasse erschienen und seinen Weg zu Fuß mit gleichen Blicken verfolgt hätte.

Nur der sich aufbauschende Überzieher bleibt bestehn, alles andere ist erdacht.

1913

26. Oktober. – »Wer bin ich denn?« fuhr ich mich an. Ich erhob mich von dem Kanapee, auf dem ich mit hochgezogenen Knien gelegen war und setzte mich aufrecht. Die Tür, die gleich vom Treppenhaus in mein Zimmer führte, öffnete sich und ein junger Mann mit gesenktem Gesicht und prüfendem Blick trat ein. Er machte, soweit es im engen Zimmer möglich war, einen Bogen um das Kanapee und blieb in der Ecke neben dem Fenster im Dunkel stehn. Ich wollte nachsehn, was das für eine Erscheinung war, ging hin und faßte den Mann beim Arm. Es war ein lebendiger Mensch. Er sah – ein wenig kleiner als ich – lächelnd zu mir hinauf, schon die Sorglosigkeit, mit der er nickte und sagte »Prüfen Sie mich nur«, hätte mich überzeugen sollen. Trotzdem ergriff ich ihn vorn bei der Weste und hinten beim Rock und schüttelte ihn. Seine schöne starke goldene Uhrkette fiel mir auf, ich packte sie und zerrte sie herunter, daß das Knopfloch zerriß, an dem sie befestigt war. Er duldete es, sah nur auf den Schaden hinunter und versuchte nutzlos den Westenknopf in dem zerrissenen Knopfloch festzuhalten. »Was tust du?« sagte er endlich und zeigte mir die Weste. »Nur Ruhe!« sagte ich drohend.

Ich fing an, im Zimmer herumzulaufen, aus Schritt kam ich in Trab, aus Trab in Galopp, immer wenn ich den Mann passierte, erhob ich gegen ihn die Faust. Er sah mir gar nicht zu, sondern arbeitete noch immer an seiner Weste. Ich fühlte mich sehr frei, schon meine Atmung ging in außergewöhnlicher Weise vor sich, meine Brust fühlte nur in den Kleidern ein Hindernis, sich riesenhaft zu heben.

1914

4. Januar. – Wir hatten eine Mulde im Sand ausgegraben, in der wir uns ganz wohl befanden. In der Nacht rollten wir uns im Innern der Mulde zusammen, der Vater deckte sie mit Baumstämmen und darüber geworfenem Strauchwerk zu und wir waren vor Stürmen und Tieren möglichst gesichert. »Vater«, riefen wir oft ängstlich, wenn es unter den Hölzern schon ganz dunkel war und der Vater noch immer nicht erschien. Aber dann sahen wir schon durch eine Spalte seine Füße, er glitt zu uns herein, beklopfte jeden ein wenig, denn es beruhigte uns, wenn wir seine Hand fühlten, und dann schliefen wir alle förmlich gemeinsam ein. Wir waren außer den Eltern fünf Jungen und drei Mädchen, es war zu eng für uns in der Mulde, aber wir hätten Angst gehabt, wenn wir in der Nacht nicht so nahe an- und aufeinander gewesen wären.

Mai. – Die Vermieterin warf die Röcke und eilte durch die Zimmer. Eine große kalte Dame. Ihr vortretender Unterkiefer schreckte die Zimmerherrn ab. Sie liefen die Treppen hinab, und wenn sie ihnen aus dem Fenster nachsah, verdeckten sie im Laufe ihre Gesichter. Einmal kam ein kleiner Zimmerherr, ein fester untersetzter junger Mann, der die Hände ständig in den Taschen seines Rockes hielt. Vielleicht war es seine Gewohnheit, es war aber auch möglich, daß er das Zittern der Hände verbergen wollte.

»Junger Mann«, sagte die Frau und ihr Unterkiefer rückte vor, »Sie wollen hier wohnen?«

»Ja«, sagte der junge Mann und zuckte mit dem Kopf von unten hinauf.

»Sie werden es hier gut haben«, sagte die Frau und führte ihn zu einem Sessel und setzte ihn hinauf. Hiebei bemerkte sie, daß er einen Fleck in der Hose hatte, weshalb sie neben ihm niederkniete und diesen Fleck mit den Nägeln zu reiben begann.

»Sie sind ein Schmutzian«, sagte sie.

»Es ist ein alter Fleck.«

»Dann sind Sie eben ein alter Schmutzian.«

»Weg mit der Hand«, sagte er plötzlich und schob sie wirklich weg. »Was Sie doch für schreckliche Hände haben«, sagte er dann, faßte ihre Hand und drehte sie. »Oben ganz schwarz, unten weißlich, aber noch ausreichend schwarz und« – er fuhr in ihren weiten Ärmel – »auf dem Arm sind Sie sogar ein wenig behaart.«

»Sie kitzeln mich«, sagte sie.

»Weil Sie mir gefallen. Ich verstehe nicht, wie man sagen kann, daß Sie häßlich sind. Man sagt es nämlich. Aber nun sehe ich, daß das ja gar nicht stimmt.«

Und er stand auf und ging im Zimmer auf und ab. Sie kniete noch immer und besah ihre Hand.

Das machte ihn aus irgendeinem Grunde wild, er sprang hinzu und nahm wieder ihre Hand.

»So ein Frauenzimmer«, sagte er dann und schlug ihre längliche magere Wange. »Es würde geradezu zu meinem Behagen beitragen, hier zu wohnen. Aber billig müßte es sein. Und keinen andern Mieter dürften Sie aufnehmen. Und treu müßten Sie mir sein. Ich bin ja viel jünger als Sie, da kann ich doch Treue verlangen. Und gut kochen müßten Sie. Ich bin an gutes Essen gewöhnt und werde es mir niemals abgewöhnen.«

Tanzt ihr Schweine weiter; was habe ich damit zu tun?

Aber wirklicher ist es, als alles was ich im letzten Jahr geschrieben habe. Vielleicht kommt es doch darauf an, das Gelenk zu lockern. Ich werde noch einmal schreiben können.

Ich mache Pläne. Ich sehe starr vor mich hin, um nicht die Augen von den imaginären Gucklöchern des imaginären Kaleidoskops zu entfernen, in das ich schaue. Ich mische gute und eigennützige Absichten durcheinander, die guten werden in der Farbe verwaschen, die dafür auf die bloß eigennützigen übergeht. Ich lade Himmel und Erde ein, sich an meinen Plänen zu beteiligen, aber ich vergesse nicht an die kleinen Leute, die aus jeder Seitengasse hervorzuziehen sind und die vorläufig meinen Plänen besser nützen können. Es ist ja erst der Anfang, immer wieder erst der Anfang. Noch stehe ich hier in meinem Jammer, aber schon kommt hinter mir der ungeheure Wagen meiner Pläne angefahren, die erste kleine Plattform schiebt sich unter meine Füße, nackte Mädchen, wie auf Karnevalswagen besserer Länder, führen mich rücklings die Stufen empor, ich schwebe, weil die Mädchen schweben, und hebe meine Hand, die Ruhe befiehlt. Rosenbüsche stehn zu meiner Seite, Weihrauchflammen brennen, Lorbeerkränze werden herabgelassen, man streut Blumen vor und über mich, zwei Trompeter wie aus Steinquadern aufgebaut blasen Fanfaren, kleines Volk läuft in Massen heran, geordnet hinter Führern, die leeren, blanken, gerade geschnittenen freien Plätze werden dunkel, bewegt und überfüllt, ich fühle die Grenze menschlicher Bemühungen und mache auf meiner Höhe aus eigenem Antrieb und plötzlich mich überkommendem Geschick das Kunststück eines vor vielen Jahren von mir bewunderten Schlangenmenschen, indem ich mich langsam zurückbeuge – eben versucht der Himmel aufzubrechen, um einer mir geltenden Erscheinung Raum zu geben, aber er stockt –, den Kopf und Oberkörper zwischen meinen Beinen durchziehe und allmählich wieder als gerader Mensch auferstehe. War es die letzte Steigerung, die Menschen gegeben ist? Es scheint so, denn schon sehe ich aus allen Toren des tief und groß unter mir liegenden Landes die kleinen gehörnten Teufel sich herausdrängen, alles überlaufen, unter ihrem Schritt zerbricht alles in der Mitte, ihr Schwänzchen wischt alles aus, schon putzen fünfzig Teufelsschwänze mein Gesicht, der Boden wird weich, ich versinke mit einem Fuß, dann mit dem andern, die Schreie der Mädchen verfolgen mich in meine Tiefe, in die ich lotrecht versinke, durch einen Schacht, der genau den Durchmesser meines Körpers, aber eine endlose Tiefe hat. Diese Endlosigkeit verlockt zu keinen besonderen Leistungen, alles, was ich täte, wäre kleinlich, ich falle sinnlos und es ist das Beste.

25. Juni. – Vom frühen Morgen an bis jetzt zur Dämmerung ging ich in meinem Zimmer auf und ab. Das Fenster war offen, es war ein warmer Tag. Der Lärm der engen Gasse trieb ununterbrochen herein. Ich kannte schon jede Kleinigkeit im Zimmer durch das Anschauen während meines Rundganges. Alle Wände hatte ich mit den Blicken abgestreift. Dem Muster des Teppichs und seinen Altersspuren war ich bis in die letzten Verzweigungen nachgegangen. Den Tisch in der Mitte hatte ich vielemal mit Fingerspannen abgemessen. Zum Bild des verstorbenen Mannes meiner Wirtin hatte ich schon die Zähne oft gefletscht. Gegen Abend trat ich zum Fenster und setzte mich auf die niedrige Brüstung. Da blickte ich zufällig zum erstenmal ruhig von einem Platz in das Innere des Zimmers und zur Decke auf. Endlich, endlich begann, wenn ich mich nicht täuschte, dieses so vielfach von mir erschütterte Zimmer sich zu rühren. An den Rändern der weißen, mit schwacher Gipsverzierung umzogenen Decke begann es. Kleine Mörtelstücke lösten sich los und fielen wie zufällig, hie und da mit bestimmtem Schlag, zu Boden. Ich streckte die Hand aus und auch in meine Hand fielen einige, ich warf sie, ohne mich in meiner Spannung auch nur umzudrehn, über meinen Kopf hinweg in die Gasse. Die Bruchstellen oben hatten noch keinen Zusammenhang, aber man konnte ihn sich immerhin schon irgendwie bilden. Aber ich ließ von solchen Spielen ab, als sich jetzt dem Weiß ein bläuliches Violett beizumischen begann, es ging von dem weiß bleibenden, ja geradezu weiß erstrahlenden Mittelpunkt der Decke aus, in welchen knapp oben die armselige Glühlampe eingesteckt war. Immer wieder in Stößen drängte sich die Farbe, oder war es ein Licht, gegen den sich jetzt verdunkelnden Rand hin. Man achtete gar nicht mehr auf den fallenden Mörtel, der wie unter dem Druck eines sehr genau geführten Werkzeugs absprang. Da drängten in das Violett von den Seiten her gelbe, goldgelbe Farben. Die Zimmerdecke färbte sich aber nicht eigentlich, die Farben machten sie nur irgendwie durchsichtig, über ihr schienen Dinge zu schweben, die durchbrechen wollten, man sah schon fast das Treiben dort in Umrissen, ein Arm streckte sich aus, ein silbernes Schwert schwebte auf und ab. Es galt mir, das war kein Zweifel; eine Erscheinung, die mich befreien sollte, bereitete sich vor. Ich sprang auf den Tisch, um alles vorzubereiten, riß die Glühlampe samt ihrem Messingstab heraus und schleuderte sie auf den Boden, sprang dann herunter und stieß den Tisch aus der Mitte des Zimmers zur Wand hin. Das, was kommen wollte, konnte sich ruhig auf den Teppich niederlassen und mir melden, was es zu melden hatte. Kaum war ich fertig, brach die Decke wirklich auf. Noch aus großer Höhe, ich hatte sie schlecht eingeschätzt, senkte sich im Halbdunkel langsam ein Engel in bläulich violetten Tüchern, umwickelt mit goldenen Schnüren, auf großen, weißen, seidig glänzenden Flügeln herab, das Schwert im erhobenen Arm wagerecht ausgestreckt. ›Also ein Engel!‹ dachte ich, ›den ganzen Tag fliegt er auf mich zu und ich in meinem Unglauben wußte es nicht. Jetzt wird er zu mir sprechen.‹ Ich senkte den Blick. Aber als ich ihn wieder hob, war zwar noch der Engel da, hing ziemlich tief unter der Decke, die sich wieder geschlossen hatte, war aber kein lebendiger Engel, sondern nur eine bemalte Holzfigur von einem Schiffsschnabel, wie sie in Matrosenkneipen an der Decke hängen. Nichts weiter. Der Knauf des Schwertes war dazu eingerichtet, Kerzen zu halten und den fließenden Talg aufzunehmen. Die Glühlampe hatte ich heruntergerissen, im Dunkel wollte ich nicht bleiben, eine Kerze fand sich noch, so stieg ich also auf einen Sessel, steckte die Kerze in den Schwertknauf, zündete sie an und saß dann noch bis in die Nacht hinein unter dem schwachen Licht des Engels.

Endlich sprang ich vom Tische auf und zerschlug die Lampe mit einem Faustschlag. Sofort trat ein Diener mit einer Laterne ein, verbeugte sich und hielt für mich die

Tür offen. Ich eilte aus meinem Zimmer die Treppe hinab, der Diener hinter mir. Unten legte mir ein zweiter Diener einen Pelz um; da ich es wie kraftlos geschehen ließ, tat er noch ein übriges, schlug mir den Pelzkragen hoch und knöpfte ihn mir vorn am Halse zu. Es war nötig, die Kälte war mörderisch. Ich stieg in den wartenden geräumigen Schlitten, wurde warm unter vielen Decken geborgen und mit hellem Klingeln begann die Fahrt. »Friedrich«, hörte ich aus der Ecke flüstern. »Du bist hier, Alma«, sagte ich und reichte ihr die dick behandschuhte Rechte. Noch einige Worte der Befriedigung über das Zusammentreffen, dann verstummten wir, denn die rasende Fahrt verschlug den Atem. Ich hatte im Hindämmern schon meine Nachbarin vergessen, als wir vor einem Wirtshaus hielten. Vor dem Wagenschlag stand der Wirt, ihm zu Seiten meine Diener, alle mit gestreckten Hälsen bereit, irgendwelche Befehle von mir entgegenzunehmen. Ich aber beugte mich hervor und rief nur: »Warum steht ihr hier, weiter, weiter, kein Aufenthalt!« Und mit einem Stock, den ich neben mir fand, stieß ich den Kutscher.

Juli. – Bauz, der Direktor der Versicherungsgesellschaft »Fortschritt«, sah den Mann, der vor seinem Schreibtisch stand und sich um eine Dienerstelle bei der Gesellschaft bewarb, zweifelnd an. Hie und da las er auch in den Papieren des Mannes, die vor ihm auf dem Tische lagen. »Lang sind Sie ja«, sagte er, »das sieht man, aber was sind Sie wert? Bei uns müssen die Diener mehr können als Marken lecken, und gerade das müssen Sie nicht können, weil solche Sachen bei uns automatisch gemacht werden. Bei uns sind die Diener halbe Beamte, sie haben verantwortungsvolle Arbeit zu leisten, fühlen Sie sich dem gewachsen? Sie haben eine eigentümliche Kopfbildung. Wie Ihre Stirn zurücktritt. Sonderbar! Welches war denn Ihr letzter Posten? Wie? Sie haben seit einem Jahr nichts gearbeitet? Warum denn? Wegen Lungenentzündung? So? Nun, das ist nicht sehr empfehlend, wie? Wir können natürlich nur gesunde Leute brauchen. Ehe Sie aufgenommen werden, müssen Sie vom Arzt untersucht werden. Sie sind schon gesund? So? Gewiß, das ist ja möglich. Wenn Sie nur lauter reden würden! Sie machen mich ganz nervös mit Ihrem Lispeln. Hier sehe ich auch, daß Sie verheiratet sind, vier Kinder haben. Und seit einem Jahr haben Sie nichts gearbeitet! Ja, Mensch! Ihre Frau ist Wäscherin? So! Nun ja. Da Sie jetzt schon einmal hier sind, lassen Sie sich gleich vom Arzt untersuchen, der Diener wird Sie hinführen. Daraus dürfen Sie aber nicht schließen, daß Sie angenommen werden, selbst wenn das Gutachten des Arztes günstig ist. Durchaus nicht. Eine schriftliche Verständigung bekommen Sie jedenfalls. Um aufrichtig zu sein, will ich Ihnen gleich sagen: Sie gefallen mir gar nicht. Wir brauchen ganz andere Diener. Lassen Sie sich aber jedenfalls untersuchen. Gehn Sie nur schon, gehn Sie. Hier hilft kein Bitten. Ich bin nicht berechtigt, Gnaden auszuteilen. Sie wollen jede Arbeit leisten. Gewiß. Das will jeder. Das ist keine besondere Auszeichnung. Es zeigt nur, wie tief Sie sich einschätzen. Und nun sage ich zum letzten Male: Gehn Sie und halten Sie mich nicht länger auf. Es ist wahrhaftig genug.« Bauz mußte mit der Hand auf den Tisch schlagen, ehe der Mann sich vom Diener aus dem Direktionszimmer hinausziehn ließ.

Ich saß immer tief in der Werkstatt, ganz im Dunkel, man mußte dort manchmal erraten, was man in der Hand hielt, trotzdem aber bekam man für jeden schlechten Stich einen Hieb des Meisters.

Unser König machte keinen Aufwand; wer ihn nicht von Bildern kannte, hätte ihn nie als König erkannt. Sein Anzug war schlecht genäht, nicht in unserer Werkstatt übrigens, ein dünner Stoff, der Rock immer aufgeknöpft, fliegend und zerdrückt, der Hut verbeult, grobe schwere Stiefel, nachlässige weite Bewegungen der Arme, ein starkes Gesicht mit großer grader männlicher Nase, ein kurzer Schnurrbart, dunkle, ein wenig zu scharfe Augen, kräftiger ebenmäßiger Hals. Einmal blieb er im Vorübergehn in der Tür unserer Werkstatt stehn und fragte, die Rechte oben am Türbalken: »Ist Franz hier?« Er kannte alle Leute bei Namen. Ich drängte mich aus meinem dunklen Winkel zwischen den Gesellen durch. »Komm mit!« sagte er nach kurzem Blick. »Er übersiedelt ins Schloß«, sagte er zum Meister.

31. Juli. – In einem Eisenbahnzug sitzen, es vergessen, leben wie zuhause, plötzlich sich erinnern, die fortreißende Kraft des Zuges fühlen, Reisender werden, die Mütze aus dem Koffer ziehn, den Mitreisenden freier, herzlicher, dringender begegnen, dem Ziel ohne Verdienst entgegengetragen werden, kindlich dies fühlen, ein Liebling der Frauen werden, unter der fortwährenden Anziehungskraft des Fensters stehn, immer zumindest eine ausgestreckte Hand am Fensterbrett liegenlassen. Schärfer zugeschnittene Situation: Vergessen, daß man vergessen hat, mit einem Schlage ein im Blitzzug allein reisendes Kind werden, um das sich der vor Eile zitternde Waggon, anstaunenswert im Allergeringsten, aufbaut wie aus der Hand eines Taschenspielers.

August. – »Bereitet der Schlange den Weg!« schrie es. »Bereitet den Weg der großen Madam!« »Wir sind bereit«, schrie es zur Antwort, »wir sind bereit!« Und wir Wegbereiter, vielgerühmte Steinzerklopfer, marschierten aus dem Busch. »Los!« rief unser immer fröhlicher Kommandant, »los, ihr Schlangenfraß!« Daraufhin hoben wir unsere Hämmer und meilenweit begann das fleißigste Geklopfe. Keine Pause wurde gestattet, nur Händewechsel. Schon für Abend war die Ankunft unserer Schlange angesagt, bis dahin mußte alles zu Staub zerklopft sein, unsere Schlange verträgt auch das kleinste Steinchen nicht. Wo findet sich gleich eine so empfindliche Schlange? Es ist eben auch eine einzige Schlange, unvergleichlich verwöhnt ist sie durch unsere Arbeit, daher auch bereits unvergleichlich geartet. Wir verstehn es nicht, wir bedauern es, daß sie sich noch immer Schlange nennt. Zumindest Madam sollte sie sich immer nennen, trotzdem sie natürlich auch als Madam unvergleichlich ist. Aber das ist nicht unsere Sorge, unsere Sache ist es, Staub zu machen.

Jenen Wilden, von denen erzählt wird, daß sie kein anderes Verlangen haben als zu sterben, oder vielmehr sie haben nicht einmal mehr dieses Verlangen, sondern der Tod hat nach ihnen Verlangen und sie geben sich hin oder vielmehr sie geben sich nicht einmal hin, sondern sie fallen in den Ufersand und stehn niemals mehr auf – jenen Wilden gleiche ich sehr und habe auch Stammesbrüder ringsherum, aber die Verwirrung in diesen Ländern ist so groß, das Gedränge wogt auf und ab bei Tag und Nacht und die Brüder lassen sich von ihm tragen. Das nennt man hierzulande »einem unter den Arm greifen«, solche Hilfe ist hier immer bereit; einen, der ohne Grund umsinken könnte und liegen bliebe, fürchtet man wie den Teufel, es ist wegen des Beispiels, es ist wegen des Gestankes der Wahrheit, der aus ihm steigen würde. Gewiß, es würde nichts geschehn, einer, zehn, ein ganzes Volk könnte liegen bleiben und es würde nichts geschehn, weiter ginge das mächtige Leben, noch übervoll sind die Dachböden von Fahnen, die niemals aufgerollt gewesen sind, dieser Leierkasten hat nur eine Walze, aber die Ewigkeit in eigener Person dreht die Kurbel. Und doch die Angst! Wie tragen doch die Leute ihren eigenen Feind, so ohnmächtig er ist, immer in sich. Seinetwegen, dieses ohnmächtigen Feindes wegen, sind sie

---

Die Stadt gleicht der Sonne, in einem mittlern Kreis ist alles Licht dicht gesammelt, es blendet, man verliert sich, man findet die Straßen, die Häuser nicht, man kommt, wenn man einmal eingetreten ist, förmlich nicht mehr hervor; in einem weitern viel größeren Kreisring ist noch immer eng, aber nicht mehr ununterbrochen ausgestrahltes Licht, es gibt dunkle Gäßchen, versteckte Durchhäuser, sogar ganz kleine Plätze, die in Dämmerung und Kühle liegen; dann ein noch größerer Kreisring, hier ist das Licht schon so zerstreut, daß man es suchen muß, große Stadtflächen stehn hier nur in kaltem grauem Schein, und dann endlich schließt sich das offene Land an, mattfarbig, spätherbstlich, kahl, kaum einmal durchzuckt von einer Art Wetterleuchten.

In dieser Stadt ist fortwährend früher, noch kaum beginnender Morgen, der Himmel ein ebenmäßiges, kaum sich lichtendes Grau, die Straßen leer, rein und still, irgendwo bewegt sich langsam ein Fensterflügel, der nicht befestigt worden ist, irgendwo wehn die Enden eines Tuches, das über ein Balkongeländer in einem letzten Stockwerk gelegt ist, irgendwo flattert leicht ein Vorhang in einem offenen Fenster, sonst gibt es keine Bewegung.

1920

Wir sind fünf Freunde, wir sind einmal hintereinander aus einem Haus gekommen, zuerst kam der eine und stellte sich neben das Tor, dann kam oder vielmehr glitt so leicht, wie ein Quecksilberkügelchen gleitet, der zweite aus dem Tor und stellte sich unweit vom ersten auf, dann der dritte, dann der vierte, dann der fünfte. Schließlich standen wir alle in einer Reihe. Die Leute wurden auf uns aufmerksam, zeigten auf uns und sagten: Die fünf sind jetzt aus diesem Haus gekommen. Seitdem leben wir zusammen, es wäre ein friedliches Leben, wenn sich nicht immerfort ein sechster einmischen würde. Er tut uns nichts, aber er ist uns lästig, das ist genug getan; warum drängt er sich ein, wo man ihn nicht haben will. Wir kennen ihn nicht und wollen ihn nicht bei uns aufnehmen. Wir fünf haben zwar früher einander auch nicht gekannt, und wenn man will, kennen wir einander auch jetzt nicht, aber was bei uns fünf möglich ist und geduldet wird, ist bei jenem sechsten nicht möglich und wird nicht geduldet. Außerdem sind wir fünf, und wir wollen nicht sechs sein. Und was soll überhaupt dieses fortwährende Beisammensein für einen Sinn haben, auch bei uns fünf hat es keinen Sinn, aber nun sind wir schon beisammen und bleiben es, aber eine neue Vereinigung wollen wir nicht, eben auf Grund unserer Erfahrungen. Wie soll man aber das alles dem sechsten beibringen, lange Erklärungen würden schon fast eine Aufnahme in unsern Kreis bedeuten, wir erklären lieber nichts und nehmen ihn nicht auf. Mag er noch so sehr die Lippen aufwerfen, wir stoßen ihn mit dem Ellbogen weg, aber mögen wir ihn noch so sehr wegstoßen, er kommt wieder.

Ich ruderte stehend das Boot in den kleinen Hafen, er war fast leer, in einer Ecke waren zwei Segelbarken, sonst nur kleine Boote hie und da. Ich fand leicht einen Platz für mein Boot und stieg aus. Ein kleiner Hafen war es nur, aber mit festen Quaimauern und gut instand gehalten.

Es glitten die Boote vorüber. Ich rief eines. Ein alter großer weißbärtiger Mann war der Bootsführer. Ich zögerte ein wenig auf der Landungsstufe. Er lächelte, ihn anschauend stieg ich ein. Er zeigte auf das äußerste Ende des Bootes, dort setzte ich mich. Gleich aber sprang ich auf und sagte: »Große Fledermäuse habt ihr hier«, denn große Flügel waren mir um den Kopf gerauscht. »Sei ruhig«, sagte er, schon mit der Bootsstange beschäftigt, und wir stießen vom Lande, daß ich auf mein Bänkchen fast hinschlug. Statt dem Führer zu sagen, wohin ich fahren wolle, fragte ich nur, ob er es wisse; nach seinem Kopfnicken zu schließen wußte er es. Das war mir eine ungemeine Erleichterung, ich streckte die Beine aus und lehnte den Kopf zurück, aber immer behielt ich den Führer im Auge und sagte mir: »Er weiß, wohin du fährst; hinter dieser Stirn weiß er es. Und seine Ruderstange stößt er nur deshalb ins Meer, um dich dorthin zu bringen. Und zufällig riefst du gerade ihn aus der Menge und zögertest noch einzusteigen.« Ich schloß ein wenig die Augen vor lauter Zufriedenheit, wollte den Mann aber wenigstens hören, wenn ich ihn nicht sah, und fragte: »In deinem Alter solltest du wohl nicht mehr arbeiten. Hast du denn keine Kinder?« »Nur dich«, sagte er, »du bist mein einziges Kind. Nur für dich mache ich noch diese Fahrt, dann verkaufe ich das Boot, dann höre ich zu arbeiten auf.« »Ihr nennt hier die Passagiere Kinder?« fragte ich. »Ja«, sagte er, »das ist hier Sitte. Und die Passagiere sagen uns Vater.« »Das ist merkwürdig«, sagte ich, »und wo ist die Mutter?« »Dort«, sagte er, »im Verschlag.« Ich richtete mich auf und sah, wie aus dem rundbogigen kleinen Fenster des Verschlags, der in der Mitte des Bootes aufgebaut war, eine Hand grüßend sich ausstreckte und das starke Gesicht einer Frau, von einem schwarzen Spitzentuch eingerahmt, dort erschien. »Mutter?« fragte ich lächelnd. »Wenn du willst – «, sagte sie. »Du bist aber viel jünger als der Vater?« sagte ich. »Ja«, sagte sie, »viel jünger, er könnte mein Großvater sein und du mein Mann.« »Weißt du«, sagte ich, »es ist so erstaunlich, wenn man allein in der Nacht im Boot fährt und plötzlich ist eine Frau da.«

Ich habe – wer kann noch so frei von seinen Fähigkeiten sprechen – das Handgelenk eines alten glücklichen unermüdlichen Anglers. Ich sitze zum Beispiel zu Hause, ehe ich angeln gehe, und drehe scharf zusehend die rechte Hand, einmal hin und einmal her. Das genügt, um mir in Anblick und Gefühl das Ergebnis des künftigen Angelns oft bis in Einzelheiten zu offenbaren. Ein Ahnungsvermögen dieses gelenkigen Gelenkes, das ich in Ruhezeiten, um es Kraft sammeln zu lassen, in ein Goldarmband einschließe. Ich sehe das Wasser meines Fischplatzes in der besonderen Strömung der besonderen Stunde, ein Querschnitt des Flusses zeigt sich mir, eindeutig an Zahl und Art dringen an zehn, zwanzig, ja hundert verschiedenen Stellen Fische gegen diese Schnittfläche vor, nun weiß ich, wie die Angel zu führen ist; manche durchstoßen ungefährdet mit dem Kopf die Fläche, da lasse ich die Angel vor ihnen schwanken und schon hängen sie, die Kürze dieses Schicksalsaugenblicks entzückt mich selbst am häuslichen Tisch; andere Fische dringen bis an den Bauch vor, nun ist hohe Zeit, manche ereile ich noch, andere aber entwischen der gefährlichen Fläche selbst mit dem Schwanz und sind für diesmal mir verloren, nur für diesmal, einem wahren Angler entgeht kein Fisch.

Endlich gelang es unsern Truppen, beim Südtor in die Stadt einzubrechen. Meine Abteilung lagerte in einem Vorstadtgarten unter halb verbrannten Kirschbäumen und wartete auf Befehle. Als wir aber den hohen Ton der Trompeten vom Südtor hörten, konnte uns nichts mehr halten. Mit den Waffen, die jeder zunächst faßte, ohne Ordnung, den Arm um den Kameraden geschlungen, »Kahira Kahira« unsern Feldruf heulend, trabten wir in langen Reihen durch die Sümpfe zur Stadt. Am Südtor fanden wir schon nur Leichen und gelben Rauch, der über dem Boden schwelte und alles verdeckte. Aber wir wollten nicht nur Nachzügler sein und wendeten uns gleich in enge Nebengassen, die bisher vom Kampf verschont geblieben waren. Die erste Haustür zerbarst unter meiner Hacke, so wild drängten wir in den Flur ein, daß wir uns zuerst umeinanderdrehten. Ein Alter kam uns aus einem langen leeren Gang entgegen. Sonderbarer Alter – er hatte Flügel. Breit ausgespannte Flügel, am Außenrand höher als er selbst. »Er hat Flügel«, rief ich meinem Kameraden zu, und wir vordern wichen etwas zurück, soweit es die hinten Nachdrängenden erlaubten. »Ihr wundert euch«, sagte der Alte, »wir alle haben Flügel, aber sie haben uns nichts genützt, und könnten wir sie uns abreißen, wir täten es.« »Warum seid ihr nicht fortgeflogen?« fragte ich. »Aus unserer Stadt hätten wir fortfliegen sollen? Die Heimat verlassen? Die Toten und die Götter?«

Ein Reiter ritt auf einem Waldweg, vor ihm lief ein Hund. Hinter ihm kamen ein paar Gänse, ein kleines Mädchen trieb sie mit einer Gerte vor sich her. Trotzdem alle vom Hund vorn bis zu dem kleinen Mädchen hinten so schnell als möglich vorwärtseilten, war es doch nicht sehr schnell, jeder hielt leicht mit den andern Schritt. Übrigens liefen auch die Waldbäume zu beiden Seiten mit, irgendwie widerwillig, müde, diese alten Bäume. An das Mädchen schloß sich ein junger Athlet, ein Schwimmer, er schwamm mit kräftigen Stößen, den Kopf tief im Wasser, denn Wasser war wellenschlagend rings um ihn, und wie er schwamm, so floß das Wasser mit, dann kam ein Tischler, der einen Tisch abzuliefern hatte, er trug ihn auf dem Rücken, die zwei vordern Tischbeine hielt er mit den Händen fest, ihm folgte der Kurier des Zaren, er war unglücklich wegen der vielen Menschen, die er hier im Wald getroffen hatte, immerfort streckte er den Hals und sah nach, wie vorn die Lage war und warum alles so widerwärtig langsam ging, aber er mußte sich bescheiden, den Tischler vor sich hätte er wohl überholen können, aber wie wäre er durch das Wasser gekommen, das den Schwimmer umgab. Hinter dem Kurier kam merkwürdigerweise der Zar selbst, ein noch junger Mann mit blondem Spitzbart und zartem, aber rundbäckigem Gesicht, das sich des Lebens freute. Hier zeigten sich die Nachteile so großer Reiche, der Zar kannte seinen Kurier, der Kurier seinen Zaren nicht, der Zar war auf einem kleinen Erholungsspaziergang und kam nicht weniger schnell vorwärts als sein Kurier, er hätte also die Post auch selbst besorgen können. Allerdings

Ich befahl mein Pferd aus dem Stall zu holen. Der Diener verstand mich nicht. Ich ging selbst in den Stall, sattelte mein Pferd und bestieg es. In der Ferne hörte ich eine Trompete blasen, ich fragte ihn, was das bedeutete. Er wußte nichts und hatte nichts gehört. Beim Tore hielt er mich auf und fragte: »Wohin reitest du, Herr?« »Ich weiß es nicht«, sagte ich, »nur weg von hier, nur weg von hier. Immerfort weg von hier, nur so kann ich mein Ziel erreichen.« »Du kennst also dein Ziel«, fragte er. »Ja«, antwortete ich, »ich sagte es doch. ›Weg-von-hier‹ – das ist mein Ziel.« »Du hast keinen Eßvorrat mit«, sagte er. »Ich brauche keinen«, sagte ich, »die Reise ist so lang, daß ich verhungern muß, wenn ich auf dem Weg nichts bekomme. Kein Eßvorrat kann mich retten. Es ist ja zum Glück eine wahrhaft ungeheuere Reise.«

Es kam Gesang aus einer Kneipe, ein Fenster war geöffnet, es war nicht eingehakt und schwankte hin und her. Es war eine kleine Hütte, ebenerdig, und ringsum war Leere, es war schon weit vor der Stadt. Es kam ein später Gast, schleichend, auf den Fußspitzen, in enganliegendem Kleid, tastete sich vor wie im Finstern und es war doch Mondlicht. Horchte am Fenster, schüttelte den Kopf, verstand nicht, wie dieser schöne Gesang aus einer solchen Kneipe kam, schwang sich rücklings auf das Fensterbrett, unvorsichtig wohl, denn er konnte sich nicht oben erhalten und fiel gleich ins Innere, aber nicht tief, denn beim Fenster stand ein Tisch. Die Weingläser flogen zu Boden, zwei Männer, die bei dem Tisch gesessen waren, erhoben sich und warfen kurz entschlossen den neuen Gast, die Füße hatte er ja noch außen, wieder durch das Fenster zurück, er fiel in weiches Gras, stand gleich auf und horchte, aber der Gesang hatte aufgehört.

Sie schläft. Ich wecke sie nicht. Warum weckst du sie nicht? Es ist mein Unglück und mein Glück. Ich bin unglücklich, daß ich sie nicht wecken kann, daß ich nicht aufsetzen kann den Fuß auf die brennende Türschwelle ihres Hauses, daß ich nicht den Weg kenne zu ihrem Hause, daß ich nicht die Richtung kenne, in welcher der Weg liegt, daß ich mich immer weiter von ihr entferne, kraftlos wie das Blatt im Herbstwind sich von seinem Baume entfernt, und überdies: ich war niemals an diesem

Baume, im Herbstwind ein Blatt, aber von keinem Baum. Ich bin glücklich, daß ich sie nicht wecken kann. Was täte ich, wenn sie sich erhöbe, wenn sie aufstehen würde von dem Lager, wenn ich aufstehen würde von dem Lager, der Löwe von seinem Lager, und mein Gebrüll einbrechen würde in mein ängstliches Gehör.

Es war gegen Abend auf dem Lande, ich saß in meinem Giebelzimmer beim geschlossenen Fenster und sah dem Rinderhirten zu, der auf dem gemähten Feld stand, die Pfeife im Mund, den Stock eingerammt, scheinbar unbekümmert um die Tiere, die nah und weit freilich in tiefer Ruhe weideten. Da klopfte es an das Fenster, ich schrak aus meinem Hindämmern auf, faßte mich und sagte laut: »Es ist nichts, der Wind rüttelt am Fenster.« Als es wieder klopfte, sagte ich: »Ich weiß, es ist nur der Wind.« Aber beim dritten Klopfen bat eine Stimme um Einlaß. »Es ist doch nur der Wind«, sagte ich, nahm die Lampe vom Kasten, zündete sie an und ließ den Fenstervorhang hinab. Da begann das ganze Fenster zu zittern und ein demütiges wortloses Klagen.

Und was klagst du, verlassene Seele? Warum flatterst du um das Haus des Lebens? Warum siehst du nicht in die Ferne, die dir gehört, statt hier zu kämpfen um das, was dir fremd ist? Lieber die lebendige Taube auf dem Dach, als den halbtoten, krampfhaft sich wehrenden Sperling in der Hand.

IV

Bei einem gewissen Stande der Selbsterkenntnis und bei sonstigen für die Beobachtung günstigen Begleitumständen wird es regelmäßig geschehn müssen, daß man sich abscheulich findet. Jeder Maßstab des Guten – mögen die Meinungen darüber noch so verschieden sein – wird zu groß erscheinen. Man wird einsehn, daß man nichts anderes ist als ein Rattenloch elender Hintergedanken. Nicht die geringste Handlung wird von diesen Hintergedanken frei sein. Diese Hintergedanken werden so schmutzig sein, daß man sie im Zustand der Selbstbeobachtung nicht einmal wird durchdenken wollen, sondern sich von der Ferne mit ihrem Anblick begnügen wird. Es wird sich bei diesen Hintergedanken nicht etwa bloß um Eigennützigkeit handeln, Eigennützigkeit wird ihnen gegenüber als ein Ideal des Guten und Schönen erscheinen. Der Schmutz, den man finden wird, wird um seiner selbst willen da sein, man wird erkennen, daß man triefend von dieser Belastung auf die Welt gekommen ist und durch sie unkenntlich oder allzu gut erkennbar wieder abgehn wird. Dieser Schmutz wird der unterste Boden sein, den man finden wird, der unterste Boden wird nicht etwa Lava enthalten, sondern Schmutz. Er wird das

Unterste und das Oberste sein und selbst die Zweifel der Selbstbeobachtung werden bald so schwach und selbstgefällig werden wie das Schaukeln eines Schweines in der Jauche.

Erkenne dich selbst, bedeutet nicht: Beobachte dich. Beobachte dich ist das Wort der Schlange. Es bedeutet: Mache dich zum Herrn deiner Handlungen. Nun bist du es aber schon, bist Herr deiner Handlungen. Das Wort bedeutet also: Verkenne dich! Zerstöre dich! also etwas Böses – und nur wenn man sich sehr tief hinabbeugt, hört man auch sein Gutes, welches lautet: »Um dich zu dem zu machen, der du bist.«

Es war einmal eine Gemeinschaft von Schurken, das heißt, es waren keine Schurken, sondern gewöhnliche Menschen, der Durchschnitt. Sie hielten immer zusammen. Wenn zum Beispiel einer von ihnen jemanden, einen Fremden, außerhalb ihrer Gemeinschaft Stehenden, auf etwas schurkenmäßige Weise unglücklich gemacht hatte, – das heißt wieder nichts Schurkenmäßiges, sondern so wie es gewöhnlich, wie es üblich ist, – und er dann vor der Gemeinschaft beichtete, untersuchten sie es, beurteilten es, legten Bußen auf, verziehen und dergleichen. Es war nicht schlecht gemeint, die Interessen der einzelnen und der Gemeinschaft wurden streng gewahrt und dem Beichtenden wurde das Komplement gereicht, dessen Grundfarbe er gezeigt hatte: »Wie? Darum machst du dir Kummer? Du hast doch das Selbstverständliche getan, so gehandelt, wie du mußtest. Alles andere wäre unbegreiflich. Du bist nur überreizt. Werde doch wieder verständig.« So hielten sie immer zusammen, auch nach ihrem Tode gaben sie die Gemeinschaft nicht auf, sondern stiegen im Reigen zum Himmel. Im Ganzen war es ein Anblick reinster Kinderunschuld, wie sie flogen. Da aber vor dem Himmel alles in seine Elemente zerschlagen wird, stürzten sie ab, wahre Felsblöcke.

Das menschliche Urteil über menschliche Handlungen ist wahr und nichtig, nämlich zuerst wahr, dann nichtig.

Durch die Tür rechts dringen die Mitmenschen in ein Zimmer, in dem Familienrat gehalten wird, hören das letzte Wort des letzten Redners, nehmen es, strömen mit ihm durch die Tür links in die Welt und rufen ihr Urteil aus. Wahr ist das Urteil über das Wort, nichtig das Urteil an sich. Hätten sie endgiltig wahr urteilen wollen, hätten sie für immer im Zimmer bleiben müssen, wären ein Teil des Familienrates geworden und dadurch allerdings wieder unfähig geworden zu urteilen.

Wirklich urteilen kann nur die Partei, als Partei aber kann sie nicht urteilen. Demnach gibt es in der Welt keine Urteilsmöglichkeit, sondern nur deren Schimmer.

Der Beobachter der Seele kann in die Seele nicht eindringen, wohl aber gibt es einen Randstrich, an dem er sich mit ihr berührt. Die Erkenntnis dieser Berührung ist, daß auch die Seele von sich selbst nicht weiß. Sie muß also unbekannt bleiben. Das wäre nur dann traurig, wenn es etwas anderes außer der Seele gäbe, aber es gibt nichts anderes.

Vor dem Betreten des Allerheiligsten mußt du die Schuhe ausziehen, aber nicht nur die Schuhe, sondern alles, Reisekleid und Gepäck, und darunter die Nacktheit und alles, was unter der Nacktheit ist, und alles, was sich unter dieser verbirgt, und dann den Kern und den Kern des Kerns, dann das übrige und dann den Rest und dann noch den Schein des unvergänglichen Feuers. Erst das Feuer selbst wird vom Allerheiligsten aufgesogen und läßt sich von ihm aufsaugen, keines von beiden kann dem widerstehen.

Es sind viele, die warten. Eine unübersehbare Menge, die sich im Dunkel verliert. Was will sie? Es sind offenbar bestimmte Forderungen, die sie stellt. Ich werde die Forderungen abhören und dann antworten. Auf den Balkon hinausgehn werde ich aber nicht; ich könnte es auch gar nicht, auch wenn ich wollte. Im Winter wird die Balkontür abgesperrt und der Schlüssel ist nicht zur Hand. Aber auch an das Fenster werde ich nicht treten. Ich will niemanden sehn, ich will mich durch keinen Anblick verwirren lassen, beim Schreibtisch, das ist mein Platz, den Kopf in meinen Händen, das ist meine Haltung.

Es war eine politische Versammlung. Merkwürdig ist es, daß die meisten Versammlungen auf dem Platz der Ställe stattfinden, am Ufer des Flusses, gegen dessen Tosen die menschliche Stimme kaum aufkommt. Trotzdem ich auf der Quaibrüstung nahe bei den Rednern saß – sie sprachen von einem kahlen viereckigen Sockel aus Quadersteinen herab – verstand ich nur wenig. Freilich wußte ich im voraus, um was es sich handelte, und alle wußten es. Auch waren alle einig, eine vollständigere Einigkeit habe ich nie gesehn, auch ich war völlig ihrer Meinung, die Sache war allzu klar, wie oft schon durchgesprochen und immer noch klar wie am ersten Tag; beides, die Einigkeit und die Klarheit waren herzbeklemmend, die Denkkraft stockte vor Einigkeit und Klarheit, man hätte manchmal nur den Fluß hören wollen und sonst nichts.

Es ist ein Mandat. Ich kann meiner Natur nach nur ein Mandat übernehmen, das niemand mir gegeben hat. In diesem Widerspruch, immer nur in einem Widerspruch kann ich leben. Aber wohl jeder, denn lebend stirbt man, sterbend lebt man. So wie zum Beispiel der Zirkus von einer Leinwand umspannt ist, also niemand, der nicht innerhalb dieser Leinwand ist, etwas sehen kann. Nun findet aber jemand ein kleines Loch in der Leinwand und kann doch von außen zusehn. Allerdings muß er dort geduldet werden. Wir alle werden einen Augenblick lang so geduldet. Allerdings – zweites Allerdings – meist sieht man durch ein solches Loch nur den Rücken der Stehplatzbesucher. Allerdings – drittes Allerdings – die Musik hört man jedenfalls, auch das Brüllen der Tiere. Bis man endlich ohnmächtig vor Schrecken in die Arme des Polizisten zurückfällt, der von Berufs wegen den Zirkus umgeht und nur leise mit der Hand dir auf die Schulter geklopft hat, um dich auf das Ungehörige eines solchen gespannten Zusehns, für das du nichts gezahlt hast, aufmerksam zu machen.

Es war ein gewöhnlicher Tag; er zeigte mir die Zähne; auch ich war von Zähnen gehalten und konnte mich ihnen nicht entwinden; ich wußte nicht, wodurch sie mich hielten, denn sie waren nicht zusammengebissen; ich sah sie auch nicht in den zwei Reihen des Gebisses, sondern nur hier einige, dort einige. Ich wollte mich an ihnen festhalten und mich über sie hinwegschwingen, aber es gelang mir nicht.

Ich war dieser Figur gegenüber wehrlos, ruhig saß sie beim Tisch und blickte auf die Tischplatte. Ich ging im Kreis um sie herum und fühlte mich von ihr gewürgt. Um mich ging ein dritter herum und fühlte sich von mir gewürgt. Um den dritten ging ein vierter herum und fühlte sich von ihm gewürgt. Und so setzte es sich fort bis zu den Bewegungen der Gestirne und darüber hinaus. Alles fühlt den Griff am Hals.

Ich kann schwimmen wie die andern, nur habe ich ein besseres Gedächtnis als die andern, ich habe das einstige Nicht-schwimmen-können nicht vergessen. Da ich es aber nicht vergessen habe, hilft mir das Schwimmenkönnen nichts und ich kann doch nicht schwimmen.

In einem Land betet man nur zu einer einzigen Gruppe von Gottheiten, man nennt sie: die zusammengebissenen Zähne. Ich war gestern in ihrem Tempel. Ein Geistlicher empfing mich an der Freitreppe. Eine gewisse Weihe ist nötig, ehe man eintreten darf. Sie wird dadurch gegeben, daß der Geistliche dem Besucher, der den Kopf neigt, mit seinen harten Fingerspitzen kurz hinten am Hals hinabstreicht. Dann betritt man den Vorraum, er ist überfüllt mit Opfergeschenken. Der Vorhof und das Heiligtum ist allen zugänglich, der innerste Raum aber nur den Geistlichen und den Ungläubigen. »Du wirst nicht viel sehn«, sagt der Geistliche und lächelt, »aber du kannst mitkommen.«

Geständnis und Lüge ist das Gleiche. Um gestehen zu können, lügt man. Das, was man ist, kann man nicht ausdrücken, denn dieses ist man eben; mitteilen kann man nur das, was man nicht ist, also die Lüge. Erst im Chor mag eine gewisse Wahrheit liegen.

Ich habe meinen Verstand in die Hand vergraben, fröhlich, aufrecht trage ich den Kopf, aber die Hand hängt müde hinab, der Verstand zieht sie zur Erde. Sieh nur die kleine, harthäutige, aderndurchzogene, faltenzerrissene, hochädrige, fünffingrige Hand, wie gut, daß ich den Verstand in diesen unscheinbaren Behälter retten konnte. Besonders vorzüglich ist, daß ich zwei Hände habe. Wie im Kinderspiel frage ich: In welcher Hand habe ich meinen Verstand? Niemand kann es erraten, denn ich kann durch Falten der Hände im Nu den Verstand aus einer Hand in die andere übertragen.

Das ist ein Leben zwischen Kulissen. Es ist hell, das ist ein Morgen im Freien, dann wird gleich dunkel und es ist schon Abend. Das ist kein komplizierter Betrug, aber man muß sich fügen, solange man auf den Brettern steht. Nur ausbrechen darf man, wenn man die Kraft hat, gegen den Hintergrund zu, die Leinwand durchschneiden und zwischen den Fetzen des gemalten Himmels durch, über einiges Gerümpel hinweg in die wirkliche enge dunkle feuchte Gasse sich flüchten, die zwar noch immer wegen der Nähe des Theaters Theatergasse heißt, aber wahr ist und alle Tiefen der Wahrheit hat.

Läufst du immerfort vorwärts, plätscherst weiter in der lauen Luft, die Hände seitwärts wie Flossen, siehst flüchtig im Halbschlaf der Eile alles an, woran du vorüberkommst, wirst du einmal auch den Wagen an dir vorüberrollen lassen. Bleibst du aber fest, läßt mit der Kraft des Blicks die Wurzeln wachsen tief und breit – nichts kann dich beseitigen und es sind doch keine Wurzeln, sondern nur die Kraft deines zielenden Blicks –, dann wirst du auch die unveränderliche dunkle Ferne sehn, aus der nichts kommen kann als eben nur einmal der Wagen, er rollt heran, wird immer größer, wird in dem Augenblick, in dem er bei dir eintrifft, welterfüllend und du versinkst in ihm wie ein Kind in den Polstern eines Reisewagens, der durch Sturm und Nacht fährt.

Sancho Pansa, der sich übrigens dessen nie gerühmt hat, gelang es im Laufe der Jahre, in den Abend- und Nachtstunden, durch Beistellung einer Menge Ritter- und Räuberromane seinen Teufel, dem er später den Namen Don Quichote gab, derart von sich abzulenken, daß dieser dann haltlos die verrücktesten Taten ausführte, die aber mangels ihres vorbestimmten Gegenstandes, der eben Sancho Pansa hätte sein sollen, niemandem schadeten. Sancho Pansa, ein freier Mann, folgte gleichmütig, vielleicht aus einem gewissen Verantwortlichkeitsgefühl, dem Don Quichote auf seinen Zügen und hatte davon eine große und nützliche Unterhaltung bis an sein Ende.

»Ach«, sagte die Maus, »die Welt wird enger mit jedem Tag. Zuerst war sie so breit, daß ich Angst hatte, ich lief weiter und war glücklich, daß ich endlich rechts und links in der Ferne Mauern sah, aber diese langen Mauern eilen so schnell aufeinander zu, daß ich schon im letzten Zimmer bin, und dort im Winkel steht die Falle, in die ich laufe.« – »Du mußt nur die Laufrichtung ändern«, sagte die Katze und fraß sie.

Alles fügte sich ihm zum Bau. Fremde Arbeiter brachten die Marmorsteine, zubehauen und zueinandergehörig. Nach den abmessenden Bewegungen seiner Finger hoben sich die Steine und verschoben sich. Kein Bau entstand jemals so leicht wie dieser Tempel, oder vielmehr dieser Tempel entstand nach wahrer Tempelart. Nur daß auf jedem Stein – aus welchem Bruche stammten sie? – unbeholfenes Gekritzel sinnloser Kinderhände oder vielmehr Eintragungen barbarischer Gebirgsbewohner zum Ärger oder zur Schändung oder zu völliger Zerstörung mit offenbar großartig scharfen Instrumenten für eine den Tempel überdauernde Ewigkeit eingeritzt waren.

Beweis dessen, daß auch unzulängliche, ja kindische Mittel zur Rettung dienen können.

Um sich vor den Sirenen zu bewahren, stopfte sich Odysseus Wachs in die Ohren und ließ sich am Mast festschmieden. Ähnliches hätten natürlich seit jeher alle Reisenden tun können (außer jenen, welche die Sirenen schon aus der Ferne verlockten), aber es war in der ganzen Welt bekannt, daß das unmöglich helfen konnte. Der Gesang der Sirenen durchdrang alles, gar Wachs, und die Leidenschaft der Verführten hätte mehr als Ketten und Mast gesprengt. Daran nun dachte aber Odysseus nicht, obwohl er davon vielleicht gehört hatte, er vertraute vollständig der Handvoll Wachs und dem Gebinde Ketten, und in unschuldiger Freude über seine Mittelchen fuhr er den Sirenen entgegen.

Nun haben aber die Sirenen eine noch schrecklichere Waffe als ihren Gesang, nämlich ihr Schweigen. Es ist zwar nicht geschehn, aber vielleicht denkbar, daß sich jemand vor ihrem Gesange gerettet hätte, vor ihrem Verstummen gewiß nicht. Dem Gefühl, aus eigener Kraft sie besiegt zu haben, der daraus folgenden alles fortreißenden Überhebung kann nichts Irdisches widerstehn.

Und tatsächlich sangen, als Odysseus kam, diese gewaltigen Sängerinnen nicht, sei es daß sie glaubten, diesem Gegner könne nur noch das Schweigen beikommen, sei es daß der Anblick der Glückseligkeit im Gesicht des Odysseus, der an nichts anderes als an Wachs und Ketten dachte, sie allen Gesang vergessen ließ.

Odysseus aber, um es so auszudrücken, hörte ihr Schweigen nicht, er glaubte, sie sängen und nur er sei behütet es zu hören; flüchtig sah er zuerst die Wendungen ihrer Hälse, das Tiefatmen, die tränenvollen Augen, den halb geöffneten Mund, glaubte aber, dies gehöre zu den Arien, die ungehört um ihn erklangen. Bald aber glitt alles an seinen in die Ferne gerichteten Blicken ab, die Sirenen verschwanden ihm förmlich, und gerade als er ihnen am nächsten war, wußte er nichts mehr von ihnen.

Sie aber, schöner als jemals, streckten und drehten sich, ließen das schaurige Haar offen im Wind wehn, spannten die Krallen frei auf den Felsen, sie wollten nicht mehr verführen, nur noch den Abglanz vom großen Augenpaar des Odysseus wollten sie solange als möglich erhaschen.

Hätten die Sirenen Bewußtsein, sie wären damals vernichtet worden, so aber blieben sie, nur Odysseus ist ihnen entgangen.

Es wird übrigens noch ein Anhang hiezu überliefert. Odysseus, sagt man, war so listenreich, war ein solcher Fuchs, daß selbst die Schicksalsgöttin nicht in sein Innerstes dringen konnte, vielleicht hat er, obwohl das mit Menschenverstand nicht mehr zu begreifen ist, wirklich gemerkt, daß die Sirenen schwiegen, und hat ihnen und den Göttern den obigen Scheinvorgang nur gewissermaßen als Schild entgegengehalten.

Viele beklagen sich, daß die Worte der Weisen immer wieder nur Gleichnisse seien, aber unverwendbar im täglichen Leben, und nur dieses allein haben wir. Wenn der Weise sagt: »Gehe hinüber«, so meint er nicht, daß man auf die andere Straßenseite hinübergehn solle, was man immerhin noch leisten könnte, wenn das Ergebnis des Weges wert wäre, sondern er meint irgendein sagenhaftes Drüben, etwas, was wir nicht kennen, was auch von ihm nicht näher zu bezeichnen ist und was uns also hier gar nichts helfen kann. Alle diese Gleichnisse wollen eigentlich nur sagen, daß das Unfaßbare unfaßbar ist, und das haben wir gewußt. Aber das, womit wir uns jeden Tag abmühn, sind andere Dinge.

Darauf sagte einer: »Warum wehrt ihr euch? Würdet ihr den Gleichnissen folgen, dann wäret ihr selbst Gleichnisse geworden und damit schon der täglichen Mühe frei.«

Ein anderer sagte: »Ich wette, daß auch das ein Gleichnis ist.«

Der erste sagte: »Du hast gewonnen.«

Der zweite sagte: »Aber leider nur im Gleichnis.«

Der erste sagte: »Nein, in Wirklichkeit; im Gleichnis hast du verloren.«

V

Der wahre Weg geht über ein Seil, das nicht in der Höhe gespannt ist, sondern knapp über dem Boden. Es scheint mehr bestimmt stolpern zu machen, als begangen zu werden.

Alle menschlichen Fehler sind Ungeduld, ein vorzeitiges Abbrechen des Methodischen, ein scheinbares Einpfählen der scheinbaren Sache.

Viele Schatten der Abgeschiedenen beschäftigen sich nur damit, die Fluten des Totenflusses zu belecken, weil er von uns herkommt und noch den salzigen Geschmack unserer Meere hat. Vor Ekel sträubt sich dann der Fluß, nimmt eine rückläufige Strömung und schwemmt die Toten ins Leben zurück. Sie aber sind glücklich, singen Danklieder und streicheln den Empörten.

Von einem gewissen Punkt an gibt es keine Rückkehr mehr. Dieser Punkt ist zu erreichen.

Der entscheidende Augenblick der menschlichen Entwicklung ist immerwährend. Darum sind die revolutionären geistigen Bewegungen, welche alles Frühere für nichtig erklären, im Recht, denn es ist noch nichts geschehn.

Ein erstes Zeichen beginnender Erkenntnis ist der Wunsch zu sterben. Dieses Leben scheint unerträglich, ein anderes unerreichbar. Man schämt sich nicht mehr, sterben zu wollen; man bittet, aus der alten Zelle, die man haßt, in eine neue gebracht zu werden, die man erst hassen lernen wird. Ein Rest von Glauben wirkt dabei mit, während des Transportes werde zufällig der Herr durch den Gang kommen, den Gefangenen ansehen und sagen: »Diesen sollt ihr nicht wieder einsperren. Er kommt zu mir.«

Wie ein Weg im Herbst: Kaum ist er rein gekehrt, bedeckt er sich wieder mit den trockenen Blättern.

Ein Käfig ging einen Vogel suchen.

An diesem Ort war ich noch niemals: anders geht der Atem, blendender als die Sonne strahlt neben ihr ein Stern.

Wenn es möglich gewesen wäre, den Turm von Babel zu erbauen, ohne ihn zu erklettern, es wäre erlaubt worden.

Laß dich vom Bösen nicht glauben machen, du könntest vor ihm Geheimnisse haben.

Leoparden brechen in den Tempel ein und saufen die Opferkrüge leer; das wiederholt sich immer wieder; schließlich kann man es vorausberechnen und es wird ein Teil der Zeremonie.

So fest wie die Hand den Stein hält. Sie hält ihn aber fest, nur um ihn desto weiter zu verwerfen. Aber auch in jene Weite führt der Weg.

Du bist die Aufgabe. Kein Schüler weit und breit.

Vom wahren Gegner fährt grenzenloser Mut in dich.

Das Glück begreifen, daß der Boden, auf dem du stehst, nicht größer sein kann, als die zwei Füße ihn bedecken.

Wie kann man sich über die Welt freuen, außer wenn man zu ihr flüchtet?

Verstecke sind unzählige, Rettung nur eine, aber Möglichkeiten der Rettung wieder so viele wie Verstecke.

Es gibt ein Ziel, aber keinen Weg; was wir Weg nennen, ist Zögern.

Das Negative zu tun, ist uns noch auferlegt; das Positive ist uns schon gegeben.

Wenn man einmal das Böse bei sich aufgenommen hat, verlangt es nicht mehr, daß man ihm glaube.

Die Hintergedanken, mit denen du das Böse in dir aufnimmst, sind nicht die deinen, sondern die des Bösen.

Das Tier entwindet dem Herrn die Peitsche und peitscht sich selbst, um Herr zu werden, und weiß nicht, daß das nur eine Phantasie ist, erzeugt durch einen neuen Knoten im Peitschenriemen des Herrn.

Die Krähen behaupten, eine einzige Krähe könnte den Himmel zerstören. Das ist zweifellos, beweist aber nichts gegen den Himmel, denn Himmel bedeuten eben: Unmöglichkeit von Krähen.

Sein Ermatten ist das des Gladiators nach dem Kampf, seine Arbeit war das Weißtünchen eines Winkels in einer Beamtenstube.

Nur unser Zeitbegriff läßt uns das Jüngste Gericht so nennen, eigentlich ist es ein Standrecht.

Je mehr Pferde du anspannst, desto rascher gehts – nämlich nicht das Ausreißen des Blocks aus dem Fundament, was unmöglich ist, aber das Zerreißen der Riemen und damit die leere fröhliche Fahrt.

Es wurde ihnen die Wahl gestellt, Könige oder der Könige Kuriere zu werden. Nach Art der Kinder wollten alle Kuriere sein. Deshalb gibt es lauter Kuriere, sie jagen durch die Welt und rufen, da es keine Könige gibt, einander selbst die sinnlos gewordenen Meldungen zu. Gerne würden sie ihrem elenden Leben ein Ende machen, aber sie wagen es nicht wegen des Diensteides.

Im Kampf zwischen dir und der Welt sekundiere der Welt.

Man darf niemanden betrügen, auch nicht die Welt um ihren Sieg.

Es gibt nichts anderes als eine geistige Welt; was wir sinnliche Welt nennen, ist das Böse in der geistigen, und was wir böse nennen, ist nur eine Notwendigkeit eines Augenblicks unserer ewigen Entwicklung.

Mit stärkstem Licht kann man die Welt auflösen. Vor schwachen Augen wird sie fest, vor noch schwächeren bekommt sie Fäuste, vor noch schwächeren wird sie schamhaft und zerschmettert den, der sie anzuschauen wagt.

Wer der Welt entsagt, muß alle Menschen lieben, denn er entsagt auch ihrer Welt. Er beginnt daher, das wahre menschliche Wesen zu ahnen, das nicht anders als geliebt werden kann, vorausgesetzt, daß man ihm ebenbürtig ist.

Wer innerhalb der Welt seinen Nächsten liebt, tut nicht mehr und nicht weniger Unrecht, als wer innerhalb der Welt sich selbst liebt. Es bliebe nur die Frage, ob das erstere möglich ist.

Die Tatsache, daß es nichts anderes gibt als eine geistige Welt, nimmt uns die Hoffnung und gibt uns die Gewißheit.

Unsere Kunst ist ein von der Wahrheit Geblendet-Sein: Das Licht auf dem zurückweichenden Fratzengesicht ist wahr, sonst nichts.

Zwei Aufgaben des Lebensanfangs: Deinen Kreis immer mehr einschränken und immer wieder nachprüfen, ob du dich nicht irgendwo außerhalb deines Kreises versteckt hältst.

Manche nehmen an, daß neben dem großen Urbetrug noch in jedem Fall eigens für sie ein kleiner besonderer Betrug veranstaltet wird, daß also, wenn ein Liebesspiel auf der Bühne aufgeführt wird, die Schauspielerin außer dem verlogenen Lächeln für ihren Geliebten auch noch ein besonders hinterhältiges Lächeln für den ganz bestimmten Zuschauer auf der letzten Galerie hat. Das heißt zu weit gehen.

Es kann ein Wissen vom Teuflischen geben, aber keinen Glauben daran, denn mehr Teuflisches, als da ist, gibt es nicht.

Du kannst dich zurückhalten von den Leiden der Welt, das ist dir freigestellt und entspricht deiner Natur, aber vielleicht ist gerade dieses Zurückhalten das einzige Leid, das du vermeiden könntest.

»Dann aber kehrte er zu seiner Arbeit zurück, so wie wenn nichts geschehen wäre.« Das ist eine Bemerkung, die uns aus einer unklaren Fülle alter Erzählungen geläufig ist, obwohl sie vielleicht in keiner vorkommt.

Es ist nicht notwendig, daß du aus dem Hause gehst. Bleib bei deinem Tisch und horche. Horche nicht einmal, warte nur. Warte nicht einmal, sei völlig still und allein. Anbieten wird sich dir die Welt zur Entlarvung, sie kann nicht anders, verzückt wird sie sich vor dir winden.

VI

Versunken in die Nacht. So wie man manchmal den Kopf senkt, um nachzudenken, so ganz versunken sein in die Nacht. Ringsum schlafen die Menschen. Eine kleine Schauspielerei, eine unschuldige Selbsttäuschung, daß sie in Häusern schlafen, in festen Betten, unter festem Dach, ausgestreckt oder geduckt auf Matratzen, in Tüchern, unter Decken, in Wirklichkeit haben sie sich zusammengefunden wie damals einmal und wie später einmal in wüster Gegend, ein Lager im Freien, eine unübersehbare Zahl Menschen, ein Heer, ein Volk, unter kaltem Himmel auf kalter Erde, hingeworfen wo man früher stand, die Stirn auf den Arm gedrückt, das Gesicht gegen den Boden hin, ruhig atmend. Und du wachst, bist einer der Wächter, findest den nächsten durch Schwenken des brennenden Holzes aus dem Reisighaufen neben dir. Warum wachst du? Einer muß wachen, heißt es. Einer muß da sein.

Sie riefen. Es war schön. Wir standen auf, die verschiedensten Leute, versammelten uns vor dem Haus. Die Straße war still, wie an jedem frühen Morgen. Ein Bäckerjunge setzte seinen Korb nieder und sah uns zu. Alle kamen dicht hintereinander die Treppe herabgelaufen, die Bewohner aller sechs Stockwerke waren durcheinander gemischt, ich selbst half dem Kaufmann aus dem ersten Stock den Überzieher anziehn, den er bisher hinter sich hergeschleift hatte. Dieser Kaufmann führte uns, das war richtig, er war am meisten von uns allen in der Welt durchgesiebt. Zunächst ordnete er uns zu einem Haufen, ermahnte die Unruhigsten zur Ruhe, den Hut des Bankbeamten, den dieser immerfort schwenkte, nahm er und warf ihn auf die andere Straßenseite, jedes Kind wurde von einem Erwachsenen an die Hand genommen.

Hoch die Lampe gehalten, du vorn! Ihr andern leise hinter mir! Alle in einer Reihe! Und still! Das war nichts. Keine Angst. Ich trage die Verantwortung. Ich führe euch hinaus.

O schöne Stunde, meisterhafte Fassung, verwilderter Garten. Du biegst aus dem Haus und auf dem Gartenweg treibt dir entgegen die Göttin des Glücks.

Er entwand sich ihren Kreisen. Nebel umblies ihn. Eine runde Waldlichtung. Der Vogel Phönix im Gebüsch. Eine das Kreuz auf unsichtbarem Gesicht immer wieder schlagende Hand. Kühler ewiger Regen, ein wandelbarer Gesang wie aus atmender Brust.

Die Windstille an manchen Tagen, der Lärm der Ankommenden, wie die Unsrigen aus den Häusern hervorlaufen, sie zu begrüßen, hie und da Fahnen ausgehängt werden, man in die Keller eilt, Wein zu holen, aus einem Fenster eine Rose aufs Pflaster fällt, niemand Geduld kennt, die Boote von hundert Armen gleich festgehalten ans Land stoßen, die fremden Männer sich umblicken und in das volle Licht des Platzes emporsteigen.

Ach was wird uns hier bereitet!
Bett und Lager unter Bäumen,
grünes Dunkel, trocknes Laub,
wenig Sonne, feuchter Duft.
Ach was wird uns hier bereitet!

Wohin treibt uns das Verlangen?
Dies erwirken? dies verlieren?
Sinnlos trinken wir die Asche
und ersticken unsern Vater.
Wohin treibt uns das Verlangen?

Wohin treibt uns das Verlangen?
Aus dem Hause treibt es fort...

Wer ist es? Wer geht unter den Bäumen am Quai? Wer ist ganz verloren? Wer kann nicht mehr gerettet werden? Über wessen Grab wächst der Rasen? Träume sind angekommen, flußaufwärts sind sie gekommen, auf einer Leiter steigen sie die Quaimauer hinauf. Man bleibt stehn, unterhält sich mit ihnen, sie wissen mancherlei, nur woher sie kommen, wissen sie nicht. Es ist recht lau an diesem Herbstabend. Sie wenden sich dem Fluß zu und heben die Arme. Warum hebt ihr die Arme, statt uns in sie zu schließen?

Wiederum, wiederum, weit verbannt, weit verbannt.
Berge, Berge, weites Land
gilt es zu durchwandern.

Es war schon Abend. Sein kühler Hauch wehte uns entgegen, erfrischend in seiner Kühle, ermattend in seinem Spätsein. Wir setzten uns auf eine Bank am alten Turm. »Alles war vergeblich«, sagtest du, »aber es ist vergangen, es ist Zeit aufzuatmen, und hier ist der rechte Ort.«

Was stört dich? Was reißt an deines Herzens Halt? Was tastet um die Klinke deiner Türe? Was ruft dich von der

Straße her und kommt doch nicht durch das offene Tor? Ach, es ist eben jener, den du störst, an dessen Herzens Halt du reißt, an dessen Tür du um die Klinke tastest, den du von der Straße her rufst und durch dessen offenes Tor du nicht kommen willst.

Sie kamen durch das offene Tor und wir kamen ihnen entgegen. Wir tauschten neue Nachrichten aus. Wir sahen einander in die Augen.

Er singt im Chor. – Wir lachten viel. Wir waren jung, der Tag war schön, die hohen Fenster des Korridors führten auf einen unübersehbaren blühenden Garten. Wir lehnten in den offenen, den Blick und uns selbst ins Weite tragenden Fenstern. Manchmal sagte der hinter uns auf und ab gehende Diener ein Wort, das uns zur Ruhe mahnen sollte. Wir sahen ihn kaum, wir verstanden ihn kaum, nur an seinen auf den steinernen Fliesen tönenden Schritt erinnere ich mich, an den von Ferne warnenden Klang.

Nur ein Wort. Nur eine Bitte. Nur ein Bewegen der Luft. Nur ein Beweis, daß du noch lebst und wartest. Nein keine Bitte, nur ein Atmen, kein Atmen, nur ein Bereitsein, kein Bereitsein, nur ein Gedanke, kein Gedanke, nur ruhiger Schlaf.

Nachbemerkung

Franz Kafkas literarischer Nachlaß besteht aus Romanen, Erzählungen, Arbeitsheften, Tagebuchaufzeichnungen und Briefen. Zu seinen Lebzeiten erschienen in Buchform eine Sammlung kleiner Prosastücke (»Betrachtung«, 1913), vier einzelne Erzählungen (»Der Heizer«, 1913; »Die Verwandlung«, 1915; »Das Urteil«, 1916; »In der Strafkolonie«, 1919) und ein Sammelband mit Erzählungen (»Ein Landarzt«, 1920); postum kam ein weiterer Erzählungsband (»Der Hungerkünstler«, 1924) hinzu. Ab 1925 veröffentlichte sein Freund Max Brod als Testamentsvollstrecker die drei unvollendet gebliebenen Romane (»Der Prozeß«, »Das Schloß«, »Amerika«), weitere Erzählungen und unter verschiedenen Sammeltiteln kurze Prosastücke, Fragmente und Tagebuchaufzeichnungen; wobei die Grenzen zwischen autobiographischen Texten und gleichnishaft erzählenden häufig schwebend sind.

Die Gesamtheit dieser Prosastücke unterschiedlicher Provenienz bildet gleichsam den dritten Teil des erzählerischen Werkes: Fabeln, Parabeln, Betrachtungen, Aphorismen und eine kaum überschaubare Menge von Skizzen, Ansätzen, Einsätzen, Bruchstücken und vereinzelten Impromptus, die man als Gedichte in Prosa lesen möchte. Diese haben nicht selten etwas Leichtes, Lichtes – Momente der Beschwingtheit, Gelöstheit, aus denen wir erfahren, wer Kafka auch war, oder sein konnte, augenblicksweise. Und wir lesen ihn sicher falsch, wenn wir, was hier flüchtig aufleuchtet, vernachlässigen; ebenso wie man Kafkas Ernst nicht gerecht wird, wenn man seinen Humor unterschlägt.

Was man in Max Brods Zusammenstellungen zuerst kennenlernte, wurde inzwischen aus den Handschriften kritisch ediert. Übersichtlicher ist Kafkas Werk dadurch nicht geworden, und vieles, das näher bekannt zu sein verdiente, vegetiert gleichsam im Halbdunkel fort. Hier durch kleinere Auswahlbände Abhilfe zu schaffen, bleibt ein fast unabweisbares Bedürfnis. Um der einzigartigen Qualität willen, die dieser Prosa eignet in der Art, wie sie, meist unscheinbar anhebend, sogleich in Bewegung gerät und, bewegt, nicht abläßt, uns Zug um Zug, Wendung um Wendung mitzunehmen dorthin, wo wir noch niemals waren.

Aus eben diesem Bedürfnis hat Jürgen Born, mit wenigen Ausnahmen auf rein erzählende Texte sich beschränkend, einen kleinen Auswahlband herausgegeben: Franz Kafka, »Poseidon und andere kurze Prosa« (Fischer Taschenbuch Verlag, 1994). Die vorstehende Auswahl greift weiter aus. Sie möchte als ein Versuch verstanden werden, im zerklüfteten Gelände dieser Hinterlassenschaft auf verkürzenden Wegen Durchblicke zu eröffnen, den unüberschaubaren, in seiner Disparatheit auch ermüdenden Bestand aufzufächern, einzelne Stücke daraus ins Licht zu rücken: jeweils mosaikartig locker geordnet und gestuft in sechs Suiten, weithin der Chronologie der Nierderschriften folgend.

In der ersten Gruppe ausgewählter Tagebuchaufzeichnungen schildert und erläutert Kafka seine wechselnde Befindlichkeit als Schreibender; wozu die zweite Gruppe nähere Auskünfte über weitere Schwierigkeiten beisteuert, unter bewußter Aussparung aller familiären, beruflichen und seine Beziehungen zu Frauen betreffenden Details. Als dritte Gruppe folgen erzählende Stücke unterschiedlicher Art und Länge: Skizziertes, Verworfenes, nahezu Vollendetes, als offen gebliebene dennoch überzeugend in sich geschlossene Stücke; denen in der vierten Gruppe Betrachtungen und Gleichnisse sich anschließen. Die fünfte Gruppe bietet eine Auswahl aus über hundert aphorismenartigen Tagebucheintragungen, die Kafka selber ausgezogen und auf Einzelzetteln durchnumeriert hat. Die als Abschluß und Ausklang folgenden Texte wollen wie Anton Weberns kürzeste »Stücke für Orchester« (opus 10) von 1909 gehört werden.

Über Franz Kafka und sein Werk ist inzwischen eine Fülle darstellender und interpretierender Bücher und Untersuchungen erschienen, die zur Kenntnis zu nehmen und mit denen sich auseinanderzusetzen ein Einzelleben kaum ausreichen dürfte. Hingewiesen sei hier auf Hermann Binders »Kafka – Kommentar zu sämtlichen Erzählungen« (Winkler Verlag, München 1975; [2]1977) und auf den von Heinz Ludwig Arnold herausgegebenen Sonderband der Zeitschrift »Text + Kritik« (München 1994). Statt jedoch in uferlose oder einseitig ausgerichtete Auslegungen sich zu verlieren, bleibt es immer ratsam, sich zuerst den Texten selber auszusetzen; dem, der hier spricht, nicht dreinzureden, ehe man ihn hat ausreden lassen. Und sich nicht zu übereilen, wenn man einmal wahrgenommen zu haben glaubt, daß diese Stimme noch in ihrem Schweigen fortzusprechen nicht aufhört...

München, September 1996 Friedhelm Kemp

Zur Grotesk-Schrift dieses Buches

Anfang des 19. Jahrhunderts tauchten im frühindustriellen England zwei ganz neue Schriftgattungen auf. Beide stellten zu der bis dahin erfolgten geschichtlichen Entwicklung der Satzschriften einen radikalen Bruch dar und werden heute allgemein als eine Reflexion des beginnenden Maschinenzeitalters gedeutet. Das Ungewöhnliche an ihnen waren einmal die fehlenden Unterschiede zwischen den Haar- und den Grundstrichen. Seit der Renaissance hatten diese sich immer mehr verstärkt und im auslaufenden Klassizismus in dem Gegensatz von hauchdünnen Linien zu sehr kräftigen Strichen ihren Höhepunkt erreicht. Dieser Kontrast war nun gänzlich weggefallen. Die Strichbreiten der neuen Schriften waren, zumindest optisch, durchweg einheitlich. Das zweite unübersehbare Merkmal betraf die Serifen, die Endstriche. In dem einen Fall fehlten sie vollständig, im anderen waren sie in fast schockierender Weise überbetont, besaßen die gleiche Breite wie alle übrigen Formelemente der Buchstaben. Diesem äußeren Aufbau Rechnung tragend hat man in jüngerer Zeit den beiden Varianten die Bezeichnung »Serifenlose« bzw. »Serifenbetonte Linear-Antiqua« gegeben. Es war der Versuch, die früheren, eher irreführenden und bis heute in ihrer Herkunft nicht geklärten Begriffe »Grotesk« und »Egyptienne«, die nach wie vor im Gebrauch sind, durch Benennungen mit einen inhaltlichen Bezug zu ersetzen.

An Bemühungen, die Hintergründe der Begriffe Grotesk und Egyptienne aufzuspüren, hat es in der Vergangenheit nicht gefehlt. Die Aufklärung wurde nicht zuletzt dadurch erschwert, daß in geradezu verwirrender Weise die erste Grotesk, 1816 bei William Caslon IV. in London gegossen, den Namen »Egyptian«, also Egyptienne, führte; die erste wirkliche Egyptienne hingegen den Namen »Antique«. Unter dieser Bezeichnung war sie in dem drei Blätter umfassenden Nachtrag enthalten, den die Schriftgießerei Vincent Figgins in London, vermutlich 1817, als Ergänzung zu ihrem Schriftmusterbuch von 1815 herausgegeben hatte. In den beiden Fällen handelte es sich um reine Versalalphabete, gedacht für Anzeigen oder andere Werbezwecke, in dafür geeigneten Schriftgrößen. Die »Antique« von Figgins gab es in vier Graden, etwa zwischen 14 und 60 Punkt; Caslon zeigte seine Endstrichlose in dem Grad »Two-lines-English«, also etwa 28 Punkt. Während die »Antique« in relativ kurzer Zeit als Nachschnitt mehrerer Gießereien, meist unter der Bezeichnung »Egyptian«, eine rasche Verbreitung fand, sollte es bei der Grotesk bis Anfang der 30er Jahre dauern, ehe Caslon wie auch andere Firmen mit weiteren serifenlosen Schnitten folgen würden. Dann allerdings überwiegend mit Begriffen, die uns auch heute noch geläufig sind. Bei Caslon hieß sie »Doric«, bei Figgins »Sanserif« und bei Thorowgood »Grotesque«.

Damit sind wir allerdings weder einer Klärung des Gattungsbegriffs noch der Frage nach der Herkunft der Form näher gekommen. Allgemein hat man gerne die linearen Formen der Grotesk als Ausdruck des beginnenden Maschinenzeitalters interpretiert, als zeitgemäße Reduzierung auf das Rationelle und Funktionelle. Auch für den Namen Grotesk fand sich dahingehend eine Erklärung, daß die ungewohnten Schriftzeichen dem Betrachter einfach als »grotesk« erschienen seien. Jede dieser Betrachtungen für sich gesehen mag plausibel klingen, in ihrer Verbindung stellen sie aber einen Widerspruch dar. Wenn neue Formen das Empfinden ihrer Zeit wiederspiegeln, dann können sie eigentlich kaum von der eigenen Generation als fremd, ungewohnt, eben als »grotesk« aufgenommen werden.

Nun hat insbesondere James Mosley darauf hingewiesen, daß außerhalb des Druckgewerbes bereits Ende des 18. Jahrhunderts Steinbildhauer lineare Buchstaben ohne Serifen für Inschriften an Monumenten und öffentlichen Gebäuden verwendeten. Dies geschah in dem allgemei-

18 Punkt Monotype Grotesk

Serie 215

A B C D E F G H I J K L M N O
P Q R S T U V W X Y Z
Ä Ö Ü
a b c d e f g h i j k l m n o p q r
s t u v w x y z
ä ö ü ß ff fi fl
1 2 3 4 5 6 7 8 9 0

Serie 216

A B C D E F G H I J K L M N
O P Q R S T U V W X Y Z
Ä Ö Ü
a b c d e f g h i j k l m n o p q
r s t u v w x y z
ä ö ü ß ff fi fl
1 2 3 4 5 6 7 8 9 0

nen Bestreben, den Geist der Antike in seiner ursprünglichen Ausprägung wiedererstehen zu lassen. Wir alle kennen die wundervollen, mit Serifen versehenen Versalalphabete aus dem Rom der Kaiserzeit. Ein glänzendes Beispiel dafür ist die Kapitalis der Trajanssäule, deren Einfluß auf die Schriften der Renaissance unübersehbar ist. Weit weniger bekannt ist jedoch, daß die frühen Schriften der Griechen, Etrusker und anderer Völker der Apenninenhalbinsel, linearen Charakter hatten und keine Serifen besaßen. Schriften dieser Art entsprachen den Stilelementen von Verzierungen und Rankenschmuck, die bei den im 18. Jahrhundert verstärkt betriebenen Ausgrabungen von antiken Palästen gefunden wurden. Da diese verschütteten Gebäude vielfach Höhlen – italienisch »grotta« – bildeten, entwickelte sich die Bezeichnung »grottesco« für jenen Stil, der in den Ruinen entdeckten antiken Malerei. Dabei ist durchaus denkbar, daß sich dieser Begriff dann auf die im 18. Jahrhundert im gleichen Geist geschaffenen »Steinschriften« – auch dies ist eine früher viel verwendete Gattungsbezeichnung für unsere Lapidarschriften – übertragen hat. Die Wandlung der Bedeutung des Wortes, nämlich hin zum heutigen Sinne von »ungewöhnlich«, »eigenartig«, »absurd«, erfolgte offenbar erst später, wobei auch dabei die oftmals »wunderlichen Versetzungen von Form und Materie« der alten Ornamente eine gewisse Rolle gespielt haben mögen.

Kommen wir zurück zur Grotesk als Druckschrift. Die ersten Alphabete dieser Art in Deutschland hat wohl 1834 die Magdeburger Schriftgießerei Eduard Haenel herausgebracht. Auch hier handelte es sich um reine Versalsätze. Die renommierte Leipziger Schriftgießerei Schelter & Giesecke kann für sich in Anspruch nehmen, hierzulande Mitte des Jahrhunderts erstmals vollständige Zeichensätze mit Groß- und Kleinbuchstaben angeboten zu haben. Kurz vor der Jahrhundertwende erschien 1898 dann die Akzidenz-Grotesk der H. Berthold, Berlin, einer ebenfalls zu den großen Schriftgießereien des Landes zählenden Firma. Das Wort Akzidenz bedeutet im Sprachgebrauch der Buchdrucker, Aufträge für Geschäfts- und Gelegenheitsarbeiten. In diesem Zusammenhang zeigt es an, daß die Schrift in erster Linie für die Werbung und ähnliche Aufgaben gedacht war, nicht also für Bücher, Zeitschriften oder andere umfassende Lesetexte. Und besonders auf diesen Gebiet hat sie eine überragende Bedeutung erlangen können. Nicht zuletzt der Akzidenz-Grotesk ist es zu verdanken, daß der Grotesk der generelle Durchbruch als vielseitig verwendbare Gebrauchsschrift gelang und Deutschland auf diesem Sektor eine führende Rolle einnehmen konnte. Aber auch in der Schweiz war sie eine der erfolgreichsten Schriften und hat während und nach dem Zweiten Weltkrieg den Stil der Werbetypographie entscheidend mitgeprägt.

Die für das vorliegende Buch verwendete Grotesk der Serie 215 und 216 ist ein sogenannter Hausschnitt. Hausschnitte werden nicht von einem speziellen Künstler entworfen, sondern entstehen im Schriftenatelier, hier in dem der englischen Monotype Gesellschaft, von den dort beschäftigten, meist sehr gut ausgebildeten Zeichnern. In seinem Formaufbau lehnt sich der Schnitt eng an die erfolgreiche Akzidenz-Grotesk, und da und dort auch an andere serifenlose Schriften des »Kontinents« an. Trotzdem sind gewisse typische englische Eigenschaften unverkennbar. Dazu zählen nicht zuletzt die leicht kräftiger gehaltenen Versalien, ein häufiges Merkmal angelsächsischer Schriften. Kommen doch im Englischen Großbuchstaben weit weniger vor als bei uns. Die Wahl einer Grotesk für belletristische Texte ist nicht allzu häufig, hier aber im Sinne des besonderen Charakters der kurzen Texte von Franz Kafka ganz bewußt vorgenommen.

Eckehart SchumacherGebler

Die hier vereinigten Texte stammen aus verschiedenen Quellen: zwölf Tagebuchhefte, acht Oktavhefte und unterschiedliche Konvolute, die Max Brod größtenteils zwischen 1936 und 1951 in den Bänden »Beschreibung eines Kampfes«, »Tagebücher und Briefe«, »Hochzeitsvorbereitungen auf dem Lande« und »Tagebücher« zum ersten Mal veröffentlicht hat. Seither erschienen Franz Kafkas »Tagebücher in der Fassung der Handschrift« (mit einem Kommentarband; hrsg. von Hans-Gerd Koch, Michael Müller und Malcolm Pasley, S. Fischer Verlag, Frankfurt/Main 1990) und »Nachgelassene Schriften und Fragmente in der Fassung der Handschriften« (zwei Bände; hrsg. von Malcolm Pasley und Jost Schillemeit, ebd., 1993). In der Textgestalt folgt diese Auswahl Max Brod; die kritischen Ausgaben wurden mit freundlicher Genehmigung des S. Fischer Verlags herangezogen und berücksichtigt. Gelegentlich von Max Brod eingesetzte Titel wurden getilgt.

IMPRESSUM

Der vorliegende Band
»Franz Kafka – Kurze Prosa aus dem Nachlaß«
ist der zweiundzwanzigste Druck der Reihe
BIBLIOTHEK SG

Für den Text im Bleisatz wurde die Grotesk 215–10,
der englischen Monotype-Gesellschaft verwendet.

Den Buchdruck von der gegossenen Schrift besorgte
die Offizin Haag-Drugulin Leipzig.

Die Bindearbeiten übernahm die Buchbinderei
Lachenmeier, Reutlingen.

Leipzig 1996

ISBN 3-920856-22-8